UnRead
–
文艺家

寻找邓巴

［英］爱德华·圣奥宾 著

陈以侃 译

DUNBAR

Hogarth
Shakespeare

-

Edward
St Aubyn

-

King Lear

北京联合出版公司
Beijing United Publishing Co.,Ltd.

1

"我们没有吃药。"邓巴说。

"我们停药了,我们疯掉了。"皮特唱了起来。"我们病好了,我们停药了!昨天,"突然,他把声音压低,像是在密谋什么,"我们的口水还滴在毛巾布的睡袍领口上,可现在我们都停药了!药我吐在花瓶里,那些一叶兰此刻镇静至极!要是你每天收的那些百合⋯⋯"

"一想到那些百合是谁送的⋯⋯"邓巴吼起来。

"冷静啊,老家伙。"

"我的帝国被她们偷走了,换来了什么?这些破百合!"

"呀!你也把帝国给丢了啊,"皮特突然换成一副热心过头的女主人的样子,"那我一定得把三十三号房间的加文介绍给你认识。他在这里用的是假身份,其实他是,"皮特又压低了声音,"**亚历**

山大大帝。"

"全是胡说八道,"邓巴斥骂道,"那人死了好多年了。"

"没错,"皮特此时成了哈莱街[1]的心理医生,"要是这些百合有所困扰,被检查出了一些精神分裂的倾向——注意,只是倾向,只是朝可能的分裂型人格有所倾斜,绝非实打实的那种——那么,它们的症状是可以缓解的,只会留下一些可以忽略不计的副作用。"他朝前探出身子,窃声道,"那些杀人的药我就吐在花瓶里,跟你的百合在一起!"

"过去我真的有过一个帝国,"邓巴说,"我跟没跟你说过它是怎么被偷走的?"

"说了很多回了,老弟,很多回了。"皮特的心思又不知飘到了何处。

邓巴费劲地从扶手椅上站起来,跌跌撞撞地走了几步,终于挺直了身子。阳光斜斜穿透特等病房的加厚玻璃,他眯起眼睛看。

"我当时跟威尔逊说,我的职务会变成'非执行董事会主席',"邓巴开始了,"保留飞机、随从、房产和必要的特权,但是把重担——"他伸手拿起那一大瓶百合,小心地摆到地板上,"把日常管理信托的重担下放。自今日起,我就是这样跟他说,世界是我无忧无虑的游乐场,假以时日,也将成为我一人独享的收容所。"

---

[1] 伦敦中部一条街道,自19世纪开始聚集了大量知名的私人诊所。(以下若非特别说明,均为译者注)

"哟，这句好，"皮特说，"世界是我一人独享的收容所，这句之前没说过。"

"'但一切都是归于信托的，'威尔逊跟我说，"随着故事的进展，邓巴也激动起来，"'送掉信托，你就什么都没了。没有一样东西是可以既被送走，又能保留的。'"

"这是无法维系的立场，"皮特插了一句，"就像 R. D. 莱恩[1] 跟那个主教[2] 说的一样。"

"我讲事情的时候请不要打断我，"邓巴说，"我告诉威尔逊这只是为了避税，我把公司直接交给姑娘们，就没有继承税了。'还是交点税吧，'威尔逊说，'否则你就是在剥夺自己的继承权。'"

"啊，这个威尔逊我喜欢，"皮特说，"听上去像是个聪明人，像是个有药——不，是有脑子的人。[3]"

"他只有一个脑袋，又不是怪物，"邓巴不耐烦地说，"我那两个女儿才是禽兽。"

"只有一个脑袋！"皮特说，"这家伙可够没劲的！我只要吃了抗抑郁的药，脑袋多得就跟女帽里的蜜蜂似的[4]。"

---

[1] R.D. 莱恩（R.D. Laing, 1927— ），苏格兰精神病学家，1960 年发表《分裂的自我》，对精神分裂症的阐释影响深远。"无法维系的立场"是他在《自我和他者》一书中探讨的一个概念，指因对自我发出多个无法同时满足的指令而产生心理问题。
[2] 皮特在这里借用了英文里的一个固定表达，"就像女演员对主教说的一样"，一般用来暗示之前所说的话里有下流或好笑的隐藏含义。
[3] 此处，皮特为了说俏皮话，把押韵的"heads（脑子）"和"meds（药）"混淆，让威尔逊的脑袋变成了复数，也造成了后文的指涉。
[4] 借用了英文的固定表达"a bee in a bonnet（帽子里飞进了一只蜜蜂）"，形容有烦心事。

"得了，得了。"邓巴说。他抬头望向天花板，然后模仿威尔逊厉声喝道："'没有权力本身，你就不要迷恋权力衍生的那些花样了。否则，就只能算是，'"他停顿了一下，像是在寻找一个能替代的说法，但最后还是放任那两个词从头顶上方的石灰涂料砸向自己，"'堕落、放浪。'"

"啊，堕落、放浪、衰败、死亡，"皮特用悲剧演员的颤音说道，"踏着每个音节，我们走下窄窄的坟墓。台阶上的脚步多么轻盈，就像一群弗雷德·阿斯泰尔[1]，但手里旋动的不是拐杖，而是镰刀！"

"见鬼，"邓巴涨红了脸说道，"你能不能不要总是打断我？以前我说话从来不会被打断，他们只会温顺地听着。就算开口也是为了恭维我，要么是在跟我暗示什么生财之道。而你……你……"

"好啦，朋友们，"皮特说，就像眼前聚着一群愤怒的暴徒，"给这位先生一点空间，我们听听看他有什么可说的。"

"'我的事用得着别人指手画脚？'"邓巴吼道，"我当时就是这么跟威尔逊说的。'我现在只是通知你我的决定，没有问你的意见。你只管实现它！'"

邓巴又抬眼看天花板。

"'我不只是你的律师，亨利。在你还剩下的朋友里，我是和你交情最久的一个了。我说这些是为了保护你。'

"'友谊也是有范围的，'我怒喝道，'我自己一手创办的公

---

[1] 弗雷德·阿斯泰尔（Fred Astair，1899—1987），美国演员、舞者、歌手。

司，不需要别人来教我怎么做。'"邓巴举起拳头朝天花板挥了挥。"那句话说完，我抓起书桌上放在一堆纸巾中的一个'法贝热蛋'[1]——已经是那个月第三个了：那些俄国人所谓的'皇家气派'是如此无趣，就是一群犹太暴发户、窃国者，扮起了罗曼诺夫家族的皇亲国戚——我才用不着这些'该死的俄国垃圾'，我一边骂一边把那枚彩蛋扔进了书桌后面的壁炉里，里面一下全是珍珠和碎珐琅。'这玩意儿我女儿怎么说来着？'我问威尔逊，'布灵布灵[2]！该死的俄国布灵布灵！'

"威尔逊依然不为所动。我的这些小孩脾气几乎成了日常，这让我的医疗团队也有些担心。你看，"邓巴对皮特激动地说道，"现在我已经完全能读懂他心里的想法了。我已经有了……"

"恐怕你已经有了'精神紊乱洞见，'[3]"哈莱街的皮特医生说道。

"呸，别再给我演医生了。"

"那我该演谁？"

"见鬼，就演你自己。"

"啊，这个我还不太会，亨利。点一个更好模仿一点的吧。约翰·韦恩[4]怎么样？"皮特没有等回复，"得从这破地方冲出去了，

---

[1] 法贝热蛋（Fabergé egg），制作者为法贝热（Karl Gustavovich Fabergé，1846—1920），俄国金匠、珠宝首饰匠人、工艺品设计师，其乍坊精制的复活节彩蛋被俄国和其他各国皇室视作珍品。

[2] 音译 Bling，指浮夸、闪光的饰物。

[3] 指精神病患者在困惑阶段过去之后，会建立一种假想的秩序，于是外部世界对他们来说又变得清晰可懂了。

[4] 约翰·韦恩（John Wayne，1907—1979）。美国演员，以擅长扮演西部英雄著称。

亨利，"他拖长了语调说道，"明天日落，我们这两个掌握自己命运的真男人，就该在温德米尔 [1] 的酒馆问店家要酒喝了。"

"我一定得把我的故事讲出来，"邓巴哀号起来，"上帝啊，别让我发疯。"

"你知道，"皮特对邓巴的哀伤似乎视而不见，"我是，我过去是——曾经是——但谁又说得清我过气了没有——一个有名的喜剧演员，但我患了忧郁症，一种戏剧性的病症，或者说，是喜剧人的悲剧性病症，或者说，是悲剧性的喜剧人的具有历史意义的病症，或者说，是过气喜剧人假想的悲剧性病症。"

"停下行吗？"邓巴说，"我脑子乱了。"

"嘿，我抗抑郁了，我抗抑郁了，"皮特从椅子里跳起来，一边唱一边勾住邓巴的手臂，想让他也旋转起来，"抑郁抗过头嘞，我变**躁狂**啦。"他的歌声突然停止，还一下松开了邓巴。"这时传来一阵刹车时轮胎摩擦路面的声音，"插播完一句话外音，皮特又开始了他的哑剧表演，"他像个男人一样打着方向盘，在悬崖边将车停住。"

"我看过你的各种面孔，"邓巴含糊地应道，"在各种银幕上。"

"啊，我也没说我是独一无二的呀，"皮特的神色中有种谦逊的自豪，"不是只有我一个皮特·沃克。1953 年，因为母亲的疏忽，我被抛入这'泪谷' [2]，事实上，当时，光伦敦的电话簿里就有两

---

[1]　英格兰最大的自然湖，位于坎布里亚郡的湖区。

[2]　原文"vale of tears"，基督教习语，指充满哀苦的尘世。

百三十一个皮特·沃克。非但不缺，简直过剩。"

邓巴站在房间正中，像被定住了一样。

"是我扯远了，"皮特欢快地说道，"跟我说说你的'医疗团队'吧，老头儿。"

"我的医疗团队，"邓巴脑中一片翻腾，这熟悉的词就像手边的栏杆一样被他抓住，"没错，没错 就在我把决定告诉威尔逊的前一天，我的私人医生鲍勃自己找到威尔逊，跟他说我'大脑中有些小异样'，还说'其中尚未发现什么值得大家过分担心的问题'。"

"这世上难道还有什么本该让人过分担心的事吗？"皮特忍不住问道，"难道需要我们'适当'担心的事还不够多吗？"

邓巴摆摆手，没有多加理会，像是赶一只特别执着的苍蝇。

"可是，根据那个满嘴胡话的医生——那条光鲜的毒蛇、狡猾多变的'十二面人'——他应该医术很精湛才对啊，毕竟他唯一的病人可不是别人，是我啊，亨利·邓巴，"他一边说着一边拍起了胸膛，"亨利·邓巴。"

"不会是那个加拿大传媒大亨 ——亨利·邓巴吧？"皮特问道，一副兴奋难耐的样子，"世界上最有钱的人之一，或许还可以说是这个世界上最有权势的人？"

"是，是，就是我，至少是我的名字——我现在说到某些话就连不起来，像掉到漩涡里，不停转着圈儿。总而言之，根据那个可恶的叛徒——我的那个医生的指示，应该尽量少让我发脾气，就算发了脾气也随我去，不要太当回事。"

"明天下午，'风暴亨利'穿过湖区时，'脾气'将达到顶峰，"皮特播报着，"建议电视机前的观众爬进地窖，并把自己绑到大石头上。"

恼人的苍蝇越来越多，邓巴挥舞起了手臂。

"我……我刚说到哪儿了？啊，对，看我小小发了一下火，威尔逊还是没什么反应，大概觉得不理我才是对的。这时候，我注意到壁炉里那个彩蛋似乎没受到什么伤害。蛋壳是磕坏了，但里面是金子做的，并没有顺从我的意愿摔个粉碎。我走过去，将我的雷霆之怒全踏到这个要把人逼疯的玩具上，但这东西比我想象中更难对付，一踩就滑走了。还好我及时抓住了壁炉架，才没有跌个颜面扫地。我看见忠诚的威尔逊站起来，又重新坐下。被这一吓，我怒气尽消，顿时伤感起来。

"'我老了，查理。'我一边跟威尔逊说，一边捡起那个彩蛋，努力压制心里的恐惧。这种恐惧自从达沃斯那次莫名其妙的意外之后就一直纠缠着我：怕摔倒，怕这居心叵测的身体再背叛我。'我不想再负担这么多事了，'我说，'姑娘们会照看我的，她们不是最喜欢替老爸瞎操心吗？'"

"简而言之，"皮特用浓重的维也纳口音说道，"'他把自己的女儿变成了他的母亲！'就像弗洛伊德在'乡愁大道'和'远游渴望'[1]的拐角上对主教说的那样。"

"我把离我最近的窗打开，"邓巴不受皮特干扰继续说着，"把彩蛋投给了吹过的风。'有人今天要收到大礼了。'我说。

---

[1]　以上两个地名分别为 Heimatstrasse 和 Wanderlust，应是皮特随口联想出来的两个德语词，根据拼写，有"乡愁大道"和"远游渴望"之意。

"'前提必须是没被砸破头才行，'威尔逊说，'脑袋可比金块要脆弱多了。'"

"啊，这个威尔逊可真有智慧。'皮特说。

"'要是砸到早听见叫声了，'我让他放心，也在桌边坐下，'人都擅长隐藏喜悦，遮掩痛苦就没有这么在行了。'我这样说着，想送威尔逊一个礼物，'这玩意儿你拿一个去吧。俄国布灵布灵我太多了，要做个法贝热蛋都绰绰有余。'我打开抽屉，把同样一个亮闪闪的花哨东西丢了过去。威尔逊跟我和我的家人玩这种抛接球的把戏已经好几十年了。最早是一个周日他来吃午餐，看到我们都在花园里打棒球，像个普通的家庭一样——像个努力演绎普通家庭的家庭。威尔逊轻松接住彩蛋，扫了一眼深红色的蛋壳和上面细小钻石纵横交错构成的网格。他不予置评，把它滚到扶手椅边的桌子上。彩蛋碰到梅森 [1] 咖啡杯，摇摇晃晃靠住了。"

"细节太棒了，亲爱的，"皮特说，他现在成了喜不自胜的戏剧导演，"特别特别好。"

"'你应该至少保留一部分段份，'威尔逊说，'而且我现在就可以告诉你，他们不会再允许"环球一号"供你私用的。747 不可能归在个人名下。'

"'允许？'我咆哮起来，'**允许**？！邓巴的想法谁敢阻拦？邓巴的愿望谁敢拂逆？"

"邓巴啊，还用问吗？"皮特说，"除了他自己，谁也没有这

[1] 德国著名瓷器品牌，被誉为"欧洲第一名瓷"。

样的权力——他曾经有，过去有。"

"没有这个条件，我的礼物就不给了！我说到做到，非照我的意思来不可！"

这时，敲门声响起。邓巴立刻噤声，表情变得像是被捕的野兽。

"就提醒一句，"皮特说着一下蹲到他身边，"老头儿，记得吃药的样子要有，但别真吞下去。"他悄声叮嘱道，"明天是大逃亡的日子，是我们伟大的越狱时间。"

"没错，没错，"邓巴也低声应道，"大逃亡的日子。进来！"他随即很有气势地喊了一声："进来！"

皮特刚才就在哼《碟中谍》的主题音乐，这时突然朝邓巴眨了下眼睛。

邓巴也想回应，但他无法分别控制左右眼睑，结果就变成对着皮特同时眨了眨双眼。

两位护士推着小车进来了，上面全是药瓶和塑料杯。

"先生们，下午好呀，"罗伯茨护士说道，她是其中岁数比较大的一位，"你们今天觉得怎么样啊？"

"你有没有想过，罗伯茨护士，"皮特问道，"我们可能有不止一种心境，更何况是两个人加在一起？"

"你又要跟我来这套了，沃克先生，"罗伯茨护士说，"今天你们有没有去聚会啊？"

"我们的聚会我们去过了，很高兴地向您汇报，在一派温暖祥和的气氛中，我们成功地和大家一起感受到了大家庭的温暖。"

摩尔顿护士忍不住哧哧笑起来。

II

"别怂恿他，"罗伯茨护士叹气表示批评，"你们不会再偷偷跑去酒吧了吧？"

"你把我当成什么人了？"皮特问。

"一个彻头彻尾的酒鬼啊。"罗伯茨护士嘲讽他道。

"天底下还有什么东西能把我诱出这片举世公认的人间乐土？"皮特又用出了他悲剧演员的颤音，"在这个百忧不侵的避风港湾，到处是天然的抚慰剂，山谷里温情的河流像乳汁般流淌，如绸如缎，灌溉那些被娇惯的客户的躁郁的心。"

"行了，"罗伯茨护士说，"我们会盯紧你的。"

"在这梅豆米德皇宫里，"皮特说，瞬间变身为一名德军统帅，"我们的防卫做到了百分之九十九点九。那百分之零点一差在哪里？就是你们这些家伙把己方的一名军官锁到了窗台上，整宿的霜冻啃掉了他一根手指！"

"瞎扯也扯够了吧，"罗伯茨护士说，"这花瓶怎么在地上？摩尔顿护士，能麻烦你一下吗？然后，请你送沃克先生回他自己的房间，邓巴先生需要午休。现在大家道个别吧，让邓巴先生也能有片刻的安宁。"

"到时见了，伙计。""约翰·韦恩"说着朝邓巴眨了下眼睛。

邓巴还是双眼同时眨了好几下，表示他明白对方的意思。

另外两人出去之后，罗伯茨护士推着车进了卧室。

"如果你问我意见，我倒觉得你少跟沃克先生待在一起为好，"她说，"他总让你心神不宁的。"

"是的，"邓巴态度谦卑，"你说得很对，护士。这人是有些乱七八糟的，有时候甚至有些可怕。"

"亲爱的，你觉得可怕我一点也不意外。实话跟你说，我从来都不爱看《千面人皮特·沃克》——每次都换台。我觉得无论怎么比较，都是丹尼·凯[1]更好呀。那时大家更单纯一些。还有迪克·埃莫瑞[2]，真是笑死我了。"她一边拍打着邓巴的枕头一边念叨着，而邓巴就坐在床沿，俨然一副老年人不知自己身在何处的模样。

"现在，我们该吃下午的药了。"罗伯茨护士说道。她挑出两个药瓶，又从摆在推车一角的塑料杯中取了一个。

"我们先吃这个绿色加棕色的药，这药可好啦，吃了会觉得很暖和、很舒坦，"她使用尽可能简单的语言，这样可怜的老邓巴才容易听懂，"然后再吃这个白色的大药片，这样就不会胡思乱想，不会觉得女儿们不爱我啊之类的。可不就是女儿们出了钱，让你能在梅豆米德这儿舒舒服服地放个长假吗？我们当了这么多年大人物，多忙多累啊，真该好好休息一下了。"

"我知道她们是爱我的，真的，"邓巴接过小杯子，"我就是有时候会觉得迷糊。"

"迷糊是正常的，"罗伯茨护士说道，"所以你才会来这儿呀，这样我们就可以照顾你了。"

"我还有一个女儿……"邓巴刚开了个头。

---

[1]　丹尼·凯（Danny Kaye，1911—1987），美国演员，个人特色是滑稽的肢体动作、另类的哑剧表演，以及连珠炮似的歌曲。

[2]　迪克·埃莫瑞（Dick Emery，1915—1983），英国喜剧演员，20世纪六七十年代英国家喻户晓的电视明星之一。

"还有个女儿？"罗伯茨护士说道，"天哪，我真得去跟哈里斯医生商量一下你的剂量了。"

邓巴把药片倒进嘴里，接过罗伯茨护士递过来的杯子，喝了口水。他感激地朝护士笑了笑，在床上躺好，不再说话，直接把眼睛也闭上了。

"美美地打个盹儿吧，"罗伯茨护士推着小车朝外走，"做个好梦！"

一听到房门关上的声音，邓巴唰地睁开眼睛。他坐起来，把药都吐在手上，然后从床上爬下来，缓缓踱到客厅里。

"禽兽，"他嘟囔着自顾自地骂道，"秃鹫，撕扯我的心、我的内脏。"他想象着它们头顶蓬乱的羽毛中全是血污和烂肉。奸诈、淫荡的贱货，居然腐化了他的私人医生——这人可担负了给邓巴检查身体的重责啊，他有权利采集邓巴的血样和尿样，检查他是否有前列腺癌，用手电筒照他肿起的扁桃体。不可想象，不敢想象——他的私人医生竟被腐化成了她们的……她们太过**独享**的"妇科大夫"，她们的男妓，她们的交媾工具，蛇蝎般的假阴茎！

他用颤抖的大拇指把药片从花瓶的瓶颈处按了下去。

"你们以为用这些药物就能让我疲软吗？嗯？"邓巴说，"挺好，你们最好当心，贱货们，我要回来了。我还没玩儿完。我要报仇。我要——还没想好要做什么——但我……"

词句迟迟不来，决心表达不出。但怒火在他的胸腔中越烧越旺，直到他开始咆哮，如同一匹正待发起进攻的狼。咆哮声很低沉，也越发骇人，只是他想不出要如何收场。突然，邓巴把花瓶举过头顶，要砸向牢房的窗户，但他定住了，既砸不出去，也放下来。"无所不能"和"一无所能"在他身体里鏖战，所有行为都因此抵消了。

2

"可你们为什么就是不肯告诉我他在哪里呢？"弗洛伦斯说，"他也是我的父亲啊。"

"亲爱的，我怎么会故意瞒你呢？"阿比盖尔的声音有些沙哑，加拿大口音之外涂了一层厚厚的英式教育的漆。她把手机往脑袋和肩膀中间一夹，点了一支烟，"就是那鬼地方的名字我真的一下子想不起来了，今天我就让人给你发邮件——我保证。"

"威尔逊跟着亨利去伦敦就是因为他很不放心，"弗洛伦斯说，"结果一到伦敦就被解雇了。他们可是有着四十年的交情啊……"

"我知道，多让人痛心啊，对不对？"阿比盖尔说，隔着卧室的窗户，她眼神空洞地望着曼哈顿被阳光照亮的一片片街区，"爸爸最近太暴躁了。"

"威尔逊说他从来没见过亨利这么生气，"弗洛伦斯说，"听说他被你送去做什么心理监测，后来就气得在汉普斯特德大街上一个劲儿地骂过路的人。取款机把他的卡都吞了，他又发现自己的手机也被停机，气得把手机扔在大街上，被一辆巴士给碾碎了。我想不通事情怎么会到这个地步。"

"是呀，你也知道他这人最没什么耐心。"

"我不是说这个，我是说他的卡和手机怎么——"

"亲爱的，他完全是失心疯发作了。警察找到他的时候，他正躲在汉普斯特德荒野[1]的一个树洞里，**自言自语**。"

"要是每个自言自语的人都要被关进精神病院，那还找得到人去照看他们吗？"

"你这腔调就真的有些讨厌了。"阿比盖尔说，"鲍勃医生，"她低头朝鲍勃医生笑了笑，觉得这"戏剧性讽示"[2]真是妙不可言，"确认爸爸当时的'思觉失调'很严重。"

鲍勃医生朝她竖起两根大拇指，表扬阿比盖尔用对了这么专业的词汇。

"现在呢，他已经被安置在瑞士最高端、最舒适的一家疗养院了。"阿比盖尔说，"啊，我怎么就想不起它的名字来了呢？就在嘴边上。跟你说实话，我看到他们网站的时候，"她像是在吐露什么秘密，"我自己都想住进去了，那真叫一个**美轮美奂**。抱歉我刚刚可能有些不耐烦，但我们爱爸爸爱得可一点也不比你少，照收益

---

[1] 伦敦北部的公园，占地 320 公顷，是伦敦人亲近自然、休闲娱乐的首选去处之一。

[2] 指剧中人未察觉而观众却能领会的讽示。

累积的算法，我们更早开始，说我们更爱爸爸也不为过吧。好了，说真的，在股民眼里，他依然是信托的掌控者。要是消息传出去，说亨利·邓巴脑子不好使了，我们明天一起床股票可能就掉了好几十亿，再睡一觉，又二三十亿没了——不用别的，一条流言就够了。"

"股票我一点也不关心，我就想确认他没事。要是他遇到了什么麻烦，我想帮忙。"

"啊，你可真崇高！"阿比盖尔说，"这么跟你说吧，不是你，是我们，正在帮他打理邓巴信托的日常运营。可能你不知道，自打我们出生起，这就是老爸所有的心血。我懂，你是自己选择退出了这'肮脏的权力游戏'，去做你的艺术家，去让你的孩子能在一个'神智正常的环境'里长大。股票价格这么粗鄙的东西怎么入得了您的法眼呢？只要投资组合证券收益能源源不断朝你账户里打钱就行了。"

"别这么没完没了的，阿比[1]。我只是想见到他，仅此而已，"弗洛伦斯说，"麻烦你尽快把疗养院的地址发邮件给我。"

"我马上就发，亲爱的。我们不要吵架，吵架真是……哦，她已经挂了。"阿比盖尔一边说着，一边把手机关了，重重地丢在床头柜上。"天哪，这姑娘真是烦死人，"她任由自己的睡袍滑落到地板上，爬进被窝，"我有时候真觉得自己能亲手杀了她。"

"不明智，"梅根躺在鲍勃医生的另一侧，脸上那种百无聊赖

---

[1] 阿比盖尔的昵称。

的表情有些瘆人，"应该交给专业人士。"

"你觉得这个能免税吗？"阿比盖尔问，"'专业服务花销'。"

尽管梅根一直自豪于自己阴恻的性情，此时也忍不住露出微笑。

"姑娘们！"鲍勃医生假装听不下去了，"你们说的可是自己的妹妹啊。"

"同父异母的妹妹。"梅根纠正道。

"要是你能动个手术把她身上那些不属于邓巴家的东西都切掉，我们一定全心地接纳她。对吧，梅格[1]？"

"这个妥协很公道。"梅根说。

"她的长腿就像她妈。"阿比盖尔说。

"眼睛也像。"梅根说。

"不管怎样，只要再糊弄她五天就行了，"阿比盖尔说，"会是周四开，到时我们就有了董事会的支持。爸爸那个'非执行董事会主席'的头衔也可以拿掉了吧——就跟问别人要'不湿的水'一样——再也不想收那些该死的'备忘'了。"

"你那封邮件我要笑死了，"梅根说着突然兴奋起来，"'你没收到"备忘"吗？**爸爸是长生不老的！**'"

"我知道这样笑他不好，"阿比盖尔说，"但我总会想到他站在汉普斯特德大街上，吼着，'给我实现它！实现它！'"

"他活到现在情商加起来也就是这样了，"梅根说，"只会喊，'你只管实现它！'然后要么得逞，要么有人被炒。你记不记得我

---

[1]　梅根的昵称。

们告诉他去伦敦不能用'环球一号'的时候，他什么表情？"

"我问他，'你为什么非要用 747 呢？'"阿比盖尔说，"'你可以挑一架"湾流"嘛——温馨多了。'我觉得他当场就要心脏病发作了。"

"'湾流？'"梅根开始模仿她的父亲，就像模仿一个任性的孩子，"'你们把我当成谁了？当成谁？！你们认错人了吧？你们是不是把我当成一个**普通**的有钱人了？'"

"他一直教育我们生意场上没有情分可言，我们只是照做而已。"阿比盖尔温驯地说道，"当初争夺抚养权的时候，他把妈妈关到精神病院可是没讲什么情分。自己配的药，自己也该尝尝。当然了，还有你的药，"她补充道，就像是担心鲍勃医生会觉得自己被冷落，"你给他吃的是什么？"

"一种非特异性的抗抑郁药，让他更容易产生联想。说白了，就是一旦他遇到了什么不好的事情，就会变得更像个妄想狂。"鲍勃医生虽然嘴上说着，心里却担心这房间里说不定装了窃听器。

"真是没用，来这么两下就不行了，"梅根说，"你的百折不挠哪儿去了，邓巴？"她语带讥讽地问道，"没了钱，没了电话，没了车，没了随从，我们这位精神科医生只是提了几个犀利点的问题，再稍许把妄想症调了调高——就这么一点点小事，至于哭哭啼啼躲到汉普斯特德荒野的树洞里云吗？"

"他能找到那个树洞已经算他运气好了。"阿比盖尔说道，就像一个保姆让自己照看的小孩不要哭闹，让他想想自己是多么有福气。

"最妙的是他把自己最忠诚的盟友给炒了，"梅根说，"简直难以置信。要我们自己搞掉威尔逊可不容易，但要'遗憾'地接受父亲最后一条清醒的指令——把他的律师从董事会中移除——真是求之不得。"

"而我想说的是，"鲍勃说，他实在不想继续讨论他那位前病人的垮台了，"我一定是这世上最幸运的男人。"他开始在弓起的大腿上打起节奏，唱起了一首他从《歌厅》[1]中听来的歌曲，最近总在耳中响起：

　　啦啦啦，嘞嘞嘞

　　女士有两位

　　啦啦啦，嘞嘞嘞

　　女士有两位

　　男人就我一个，嘿！

"能不能别再唱这首烂歌了，"梅根说，"我们这个为了方便而临时拼凑的**三角关系**，缺什么也不会缺首主题歌。"

"说得对。"阿比盖尔说着，先是假装在鲍勃医生胸口一个假想的烟灰缸里拧灭手中的香烟，最后还是作罢，用了床头柜上一

---

[1] 《歌厅》（*Cabaret*），音乐剧，改编自约翰·范·德鲁顿（John Van Druten，1901—1957）创作于 1951 年的话剧《我是一个相机》（*I Am a Camera*），该话剧则改编自克里斯多福·伊舍伍德（Christopher Isherwood，1904—1986）创作于 1939 年的小说《柏林故事》（*The Berlin Stories*）。

个真的烟灰缸。

"你们两个这么同气连枝,"鲍勃医生说,"男人有时会觉得害怕。"

"不要否认你其实很享受这种'有点害怕'的感觉。"阿比盖尔捏住鲍勃医生的一个乳头,狠狠拧了一下。

鲍勃医生深吸一口气,闭上眼睛。

"再用点力!"他的话里都是喘息声。

梅根饥渴地扑上来,对着鲍勃医生另一边的胸膛深深地咬了一口。

"天哪!"鲍勃说道,"过头了!"

梅根抬头看他,笑个不停。

"天哪。"他重复道,扭动身子从中间下了床。两个斜躺着的女人像是一对残忍的括号。

"娘娘腔。"阿比盖尔说。

"不好意思,请允许我失陪一下,我得去把奶头重新缝上。"鲍勃医生说,"我可不想被逼成美国第一个只能用假胸的男人。"

鲍勃医生提起医药箱,看起来更像是个名牌公文包,赤裸着身子匆匆进了洗手间。他想看看镜子里自己的胸口到底伤成了什么样,却发现自己的目光染上了一层蓝晕(多么优美的副作用),"伟哥"的这阵兴奋让他的面色变得极为阴沉。他的身体已经快要毁在这对姐妹的欲求无度之中了,他最害怕的副作用是"勃起不退"。

打开医药箱他立马有种安心的感觉,这正是他迫切需要的。箱子上半部分放了许多小罐,装的是可供注射的药水,用带有尼龙搭扣的皮带绑住：氯胺酮[1]、海洛因，还有他一上来就要用的盐酸利多卡因[2]，麻醉他被咬破的乳头，好让他重新缝好。他把第二排中间的那瓶盐酸利多卡因拿出来放在洗脸池的边缘。医药箱的下半部分有一个盘子，里面装了一套工具：手术刀、牵开器、插管、骨锯、听诊器、止血钳，等等。每件都安置在特定的紫色丝绒插槽中。他把这个隔层抬起来，下面还有一层紫色丝绒，好几排整齐划一的橘色塑料药管紧紧码在定制的储物空槽中。他取了两管对乙酰氨基酚[3]，一饮而尽，转念一想，为了抵消止痛药的催眠效果，又服了一剂右旋安非他命[4]，让自己保持清醒。在邓巴姐妹身边脑子昏昏沉沉的，那就是自取灭亡。

把盐酸利多卡因注射进胸肌之后，鲍勃医生从箱子里一个特制的小格中取出一副有放大效果的半月形眼镜。他打开小化妆镜周围的一圈灯带，检查自己那个被照亮和放大的伤口。这个手术并不容易，你得用镊子把伤口打开，同时再用持针器和黑线缝合伤口边缘。但鲍勃医生经验丰富、医术高明，不仅针脚好看极了，还干净得只在缝合处的最末端留出一点细细的线头。

梅根的凶残让他不由得再次惊叹，应该被送进疯人院的不是她的父亲，而是这位女儿。鲍勃医生可以想象（朦朦胧胧地）以后跟阿比盖尔一起生活，只是阿比有点太老了，而且她当年住在

---

[1]　Ketamine，快速麻醉剂。

[2]　Lidocaine hydrochloride，局部麻醉剂。

[3]　Percocet，止痛药。

[4]　Dexedrine，强力中枢神经兴奋剂。

英国寄宿学校时倾心的那种上流人士的慵懒气度也有些过了头。她基本没有道德感，对于那些对自己没什么妨碍的事，有时候也会讲些道德，但更多时候，只要有机可乘，她就无所顾忌——换句话说，就是个正常人，跟他自己一样。而梅根则是个变态，应该规定她只许在医院里表达爱意，否则后果难以收拾。到时候这两个女人他都会甩掉的，但目前他已经接受了她们的贿赂：董事会里的一个席位，一年六百五十万的收入，以及相当于邓巴股票1.5%的期权。对方要他开一个证明，确认一个被人为加重了焦虑症状的八十一岁老头儿不适合再掌控这世界上最错综复杂的商业帝国之一，而上面就是他开出的条件。这交易不亏。过去的十二年，他一直在慢慢累积邓巴的股票：老头儿过圣诞的时候会送他一点，而他自己一有闲钱也全投在邓巴信托里。

有人敲门，鲍勃医生下意识就去拿那卷绷带，觉得需要给伤口额外再加些保护。

"我能进来吗？"梅根低声问，竟似乎还能听出悔恨之意。

"进来吧。"鲍勃医生说，迅速剪了一大条绷带。

梅根走进来，亲了一下他的肩膀。

"对不起，我知道自己刚刚过头了。"她说。

"我原谅你。"鲍勃医生说。

她的指甲轻柔地从他的胸廓滑到髋骨。"伟哥"起效了。

"就在这里，"梅根坐上了大理石台面，双腿缠在鲍勃医生腰间，"就在这里做。"

鲍勃医生把绷带放下，抓住了梅根膝盖内侧向上一点的位置。

梅根用强壮的大腿把鲍勃医生的手压向台面，然后像捕猎的猛禽一般，用尖利的牙齿飞快地在医生的伤口处啄了一口。

"没想到吧。"她说，志得意满地大笑起来。

鲍勃医生退了几步，抽出双手。

"你这疯婊子！"他吼道。

"你要是再敢这么跟我说话，"梅根说，"我就像杀鱼一样把你的五脏六腑全抠出来。"

鲍勃医生数了十个数。他一直建议邓巴想发脾气的时候也这样做，只是老头儿从来不听他的。

"我很抱歉。"他说。

"希望你是真的觉得抱歉。"梅根说着从台面上跳下来，站在鲍勃医生跟前。她捏住他缝合伤口留下的那个黑色线头，使劲扯了一下。

"这是你刚刚骂我骂得那么难听的惩罚。"她说。

"该罚。"鲍勃医生说。伤口又开了，鲜血淌了下来。

"好了，你们继续恩爱，"阿比盖尔从洗手间的门口探进头来，"我要去见我那可怕的丈夫了。"

"我也得去陪我丈夫的骨灰了。"梅根说，侧身绕过阿比盖尔，进了走廊。

"别忘了今晚你要过来一起吃晚饭。"阿比盖尔对鲍勃医生说。

"我怎么会忘呢？"鲍勃医生说。他怎么可能会忘？他们三个人就像日落时悬崖冰壁上用绳索互相连接的登山者，已经分不开了。

3

"我是谁？"

"你是亨利·邓巴呀，这都忘啦？"罗伯茨护士一边拉开窗帘，一边答道。

"我不是问你我叫什么名字，你这个愚蠢透顶的女人，"邓巴吼道，"我是说，有谁能告诉我，我是谁，我到底是个什么样的人。"

"我可不喜欢别人骂我蠢，你说话还真是客气。"罗伯茨护士说，"你要问你是谁吗？此时此刻你就是一个该向罗伯茨护士道歉的无礼老头儿。"

"抱歉，罗伯茨护士。"在一片纷乱的思绪中，邓巴还没有忘记今天有重要的事情要发生，自己不能招惹麻烦。

"这才对嘛，"罗伯茨护士说，"我们都是人，都有早上起来觉得浑身不对劲的时候，你说是不是？"

"的确是，"邓巴说，"几乎每天都是。"

"好了，那我们是准备在自己房间里孤零零地吃早饭，还是加把劲，到餐厅里和其他客人开开心心地聊会儿天？"罗伯茨护士问道。

"我们会加把劲。"邓巴说。

"这样说话我就爱听了。"罗伯茨护士说着，俯下身努力推动了邓巴其实根本不需要的轮椅。他们从厚厚的地毯上穿过，邓巴仰头朝她可怜巴巴地笑了笑。

他怕自己舌头下面的药片要开始化了，假装一时咳嗽得停不下来，成功把药吐进了手帕里。停药之后，他觉得更有精神了，但更容易生气，也更容易激怒别人。遐想和渴望的齿轮越转越快，他的确感到了更多能量，但它们似乎不受控制，保不齐哪天会全部转飞出去。他想起那次在汉普斯特德见了个心理医生，之后感到万念俱灰。他不能再回到那种痛苦中去了。不要再让他回去了，可以吗？就像一点坚实的东西都没有了，就像他脚下是一幅没有完成的拼图，而且有个残忍又暴躁的小孩正要把它拆掉——最糟糕的在于，那个小孩或许就是他自己——一切背叛，怪不了别人，都怪他自己。最让他恐惧的，说到底，是他自己想事情的方式。

"今天你可不能出门了，刚刚咳得多吓人，"罗伯茨护士说，"我不明白你把这厚靴子穿上干吗？换上拖鞋不是更舒服吗？"

"不要再回去了。"邓巴嘟囔着。疯狂在侵蚀他，让他受不了，但他也受不了这个侵蚀他的疯人院。他需要皮特帮他逃跑。要是今天不逃，可能就永远也走不了了。可能死前最后一刻，是罗伯茨护士拍着他的手背，周围是满满一屋子令人作呕的百合花。

"你刚刚说什么，亲爱的？"

他一定得控制好自己的情绪，他必须做一个滴水不漏的两面派。这个以直率著称的邓巴，以想法强悍著称的邓巴，以惊世骇俗的合并与收购著称的邓巴，现在要学着做一个两面派。

"没什么，"邓巴说，"今天我不会出去的，就缩在那团蓝焰旁边。"

"蓝焰？"罗伯茨护士问道，觉得这词莫名有种情色的意味。

"就是电视，"邓巴说，"我一直觉得它像壁炉里摇曳的蓝色火焰。"

"哦，"罗伯茨护士说道，松了口气，"这样听上去还真是温馨。"

"是很温馨，"邓巴说，"特别是在你想到，里面有几个电视台是你的，而且手上有个节目火了，广告收入飙升的时候。"

"嗯，"罗伯茨护士推着邓巴的轮椅进了餐厅，"还记得哈里斯医生跟我们说过的话吗？现在已经不用再担心生意的事了，有人替你仔细照看着呢，我们要做的就是好好地休息一下。"

这家疗养院的核心是一幢维多利亚时代的大房子，这个餐厅就是其中的一部分。内壁的威廉·莫旦斯[1]墙纸是颇为用心的复制品，而几张古董橡木桌子恐怕是当时保留下来的。虽然，对于一个维多利亚时代的大家庭而言，这个餐厅绰绰有余，但是，现代

---

[1]　威廉·莫里斯（William Morris，1834—1896），英国画家、设计师、手工艺人、诗人和社会改革家，曾和几位艺术家一起合开公司，生产家具、织物等，最有名的是墙纸。

社会不断需要更多的空间来遗忘其疯癫、老病和等死的成员，让这个阴沉的老房间难以应付。于是，他们又往外扩建了一间阳光房，不但能让更多的病人同时就餐，也提供了一个轻快、明亮的社交场所。沙发和扶手椅上铺的全是张扬的花卉图案，鼓吹着大自然的神奇疗效，枝繁叶茂得让人如在亚马孙森林。在这些热带织物中间，四处摆放着玻璃台面的藤桌，略小的圆桌可能在等候着一杯杧果汁，而更大一些的方形桌子上已经铺满了皱巴巴的旧杂志，跟到了牙医诊所一样。夏日里，双开门外是一大片摇摆的长草和野花，但今天隔着窗玻璃上的雨珠，只见到外面乳白色的水坑、踏倒的茎秆和小簇小簇彼此断绝往来的败草。再远处，还有一片壮美的湖泊，不分四时，只要不被浓雾和雨雪遮蔽，布满乱石的崎岖湖岸也是这怡人景致的重要组成部分。

邓巴在餐厅中搜寻着皮特·沃克，但很小心，怕让罗伯茨护士看出自己的急切。在后者眼中，邓巴的这位同伴只知道捣乱生事，肯定会把人带坏。

"我们想去哪儿呢？"罗伯茨护士问道，然后像是担心邓巴失去了语言功能，她不留间隙地自问自答，"我们最喜欢那张公共大桌了，对不对？因为这样就有机会结交新朋友了。"

自从到了疗养院，邓巴一直避免与陌生人结识，就在护士把他推向此类随机社交的万丈深渊时，他瞥见皮特站在阳光房远处的门口。皮特头顶上方是个绿色的标识，"火警出口"几个字旁边那个奔跑的人形，可能也是因为罗伯茨护士炼狱般的相亲会正往外逃吧。

"啊，你这人真是有福气，"罗伯茨护士说，就好像命运对邓巴如此眷顾让她感到愤慨，"哈罗德夫人旁边正好空了一个地方给你。"邓巴于是被塞进了一个空当，身边这位女士显然心情不佳。

"我已经完全记不住事情了。"哈罗德夫人说。曾经，她的言谈中常有会让大家传颂的犀利驳斥，此时那种尖刻的自信似乎还在。"绝不道歉，绝不解释。"她补充道，带着点不假思索的狠辣。

"是啊，所以才要雇会计嘛。"邓巴心不在焉地应道。

"聊天，"哈罗德夫人说，"有时候是印度象，有时候是非洲象，但不可能既是印度象，又是非洲象。"

"失陪一下，"邓巴看到罗伯茨护士踏上了下一段行医或做媒的征程，含混地对哈罗德夫人说了一句，"我看到一个朋友。"他把碍事的轮椅往后一推，站了起来。

"我现在已经不爱来伦敦了，像到了外国一样。"哈罗德夫人说。她突然伸手抓住了邓巴的臂膀。

"我会死在这里吗，还是会先去别的什么地方？"她问道。

"我……我不知道。"邓巴说，这问题里的眩晕感他听得懂。

"我父亲以前常说他一出生就从事外交了，"哈罗德夫人说道，又恢复了端庄，"让他父母不至于每天从早吵到晚。"

邓巴尽可能温柔地把哈罗德夫人的手移开。

"我以前来过这里吗？"哈罗德夫人的问题听上去有种刺骨的悲怆。

邓巴没有试着回答，而是快步走开了。

"皮特！"邓巴穿过众人朝"火警出口"走，已经等不及喊了起来。

"啊，老头儿，你终于来了。"皮特转过身来，假装在邓巴肩膀戳了一拳。

"我们是要死在这里，还是会先去别的地方？"邓巴问。

"我们先去一个别的地方，"皮特回答，已经朝前走去，"先去温德米尔的一个酒吧，或者是格拉斯米尔、巴特米尔、米尔米尔[1]——细节我无所谓。我对此间地理知识的掌握尚嫌匮乏，但我对在这方面提升自我的劲头会让华兹华斯相形之下就像一个在沙发上下不来的电视迷。我们去拿外套和围巾吧，然后折返，从厨房过，杀狱卒一个出其不意。"

"厨房？"邓巴问。他想在贴着精美瓷砖的走廊里赶上皮特还有些吃力。

"放松就好。"皮特故意做出一副忧心过度的人才会有的咬紧牙关的样子，让邓巴一下紧张起来。

挂外套的钩子都标了数字，他们找到了自己的衣服。邓巴的黑大衣是双排扣加皮草领口，重得都有些不好拿。相较之下，皮特只有一件绿色的短款滑雪衣，里子是戈尔-特斯[2]面料，拉链顺滑。邓巴的米色羊绒围巾看上去有几米长，在脖子上绕了好几圈，而皮特只有一条巴勒斯坦式的格子围巾，随手打个结就算戴好了。

---

[1] 以上四个地名原文分别为 Windermere、Grasmere、Buttermere、Meremere，前三个均为湖区的游览胜地，最后的"Meremere"是即兴的文字游戏，可能也带有"仅仅（mere）是米尔"之意。

[2] Gore-tex，一种防水、防风、透气的面料。

"对，就是厨房，"皮特又用起了悲剧演员的腔调，"知道加里吗？就是那位天才创造了我们那个不管是鱼肉还是鸡肉，只要是菜就能浇的万能调味汁，更不用说他的那个奶油浓汤了，里面是豌豆、韭葱，还是胡萝卜，蒙上眼睛根本分辨不出来——就是我们这位深受爱戴的好朋友加里，准许我穿过厨房到外面去抽一支违禁的烟。**放松就好**。"他再次轻声督促道。

"请不要再说这句话，听得我很焦虑。"邓巴说。

"而让**我**焦虑的是什么呢？"皮特说，"是钱。我的钱都被没收去抵我的治疗费了。唉，有问题的疗法，"悲剧英雄皮特又吟诵起来，"却被说成是在治疗有问题的人。"

"我没有钱，"邓巴说，"而且我的卡都被冻结了。"

"什么？"皮特喊道，一下不知所措，"可你是有十几亿身家的富豪啊。我没指望你能突然掏出个捕兔器，让我们可以依靠大自然活下去，我也没指望你有架悬挂式滑翔机，能带我们飞出这阴曹地府——那湴假模假式的，其实就是个水潭——飞到一个正经的湖边小镇，鹅卵石的街道两旁排满古朴的酒馆……可我的确有件事是指望你的，那就是钱啊。"

"倒是有张卡，"邓巴说着，偷偷露出几分激动，"那两个贱货应该不知道——瑞士的一个账户。"

"瑞士账户，"皮特上蹿下跳起来，"限额多少？"

"没有限额。"邓巴说，突然感到害怕。

"没有限额！"

"请不要再重复这句话了。"邓巴说。

"我们可以租辆豪华轿车，"皮特说着搂住邓巴，带着他往厨房的弹簧门走，"让我赶快滚出这'国家公园'吧。我们可以去伦敦！我们可以去罗马，在全世界最棒的废墟和古迹间喝内格罗尼酒[1]！"

"我不想要什么古迹和废墟，"邓巴说道，忽然扬起一丝往日的权威，"我得把我的帝国要回来。"

"那是自然，老家伙，"皮特一路搂着邓巴的肩，把他领进了厨房，"而且你一定可以的。"

"你好啊，皮特。"加里说。

"大师你好！"皮特说，又转过来对邓巴介绍道，"在你眼前的就是湖区的埃斯科菲耶[2]。"

"又要去抽你那两根破烟了？"加里问，把一坨炒蛋铲到了一个银色的盘子里，像块形状不规则的砖头。

"我试着把这恶习踹掉，没想到这玩意儿它踹起我来更狠。"皮特说。

"没问题，"加里说，"不过你可得先来一段你的奥逊·威尔斯[3]。"

"我的奥逊·威尔斯？"皮特说，已经完全进入角色，"嗯？听不懂。"他仓皇退后两步，往左右两边张望，就好像那个传奇演员随时会出现，然后重重地靠在不锈钢吧台上。

---

[1] 由杜松子酒、苦艾酒等混合而成的酒。

[2] 埃斯科菲耶（Auguste Escoffier，1846—1935），法国烹饪大师，以首创"高级烹饪法"著称。

[3] 奥逊·威尔斯（Orson Welles，1915—1985），美国电影导演、编剧和演员，代表作《公民凯恩》，一生沉迷莎士比亚，自导自演了很多莎剧。

"不要问我想吃什么，"皮特的声音里有威尔斯演《奥赛罗》时那种丰富的变化，爱与仇恨间的踌躇也表现得意蕴万千，"你明明知道这一样东西我**非吃不可**。"他停了一下，用充满悲情的声音高喊："烤鱼！"

"烤鱼，"加里呵呵笑着，"这句每次都能把我逗乐。"

"你那些美味的调味汁他都不能吃，"皮特说，"因为他的食谱是限定的。那句话倒是他亲口对洛杉矶一个服务生说过的，当时他正在跟戈尔·维达尔[1]吃午餐。"

"所以，这还算是段历史喽？"加里说。

"有个秘密不妨透露给你，加里。一切都是历史。一件事只要被你注意到，它就已经发生了。那个叫'当下'的家伙是个有名的骗子，每每从认知的缝隙间溜走。小心缝隙！"皮特高喊，就像在火车上打开车门提醒乘客的站长。

"请不要再说这种话了。"邓巴央求着，靠在柜台上怕自己跌倒。

"那行吧，"加里说，"你先去抽烟，但回来的时候必须给我来一段你的莱昂纳多·迪卡普里奥。"

"你这税率还挺高。"皮特一边说着，一边把不明所以的邓巴引向后门。

"那是，大明星的代价呗，是不是呀，皮特？"加里说。

"成交。"皮特拧门把手的时候朝后喊道。

"别让那人占你便宜，"邓巴说，"只要把自己那些事情打点清

---

[1] 戈尔·维达尔（Gore Vidal，1925—2012），美国小说家、剧作家和散文家。

楚了，平均下来完全不需要付超过 7% 的税。"

"或许吧，"外面的寒气击退了厨房门口的那点热量，皮特拉起了外套拉链，"但我自己的事情没打点清楚的时候——比如，出个车祸什么的——我希望去的医院能用超过 7% 的力气招待我呀。"

"我们的司机可靠吗？"邓巴问道。"车祸"二字在他脑海引发了一些生动的伤残画面，让他心惊。他仿佛看到自己血肉模糊横在一堆扭曲的金属和破碎的玻璃中间，救护队却只是站在一旁，看着他的纳税申报单摇脑袋。他给国库的贡献不够，他没有履行好社会契约中自己那一方的义务，他付出的不够。于是，他们就这样看着他流血而亡。

皮特竖起食指放到唇边，还皱了皱眉头。

邓巴顿时想起来他们正在干什么。之前他的心思飘到别处去了。他怎么会提到司机呢？整个计划都差点被他毁了。他觉得自己好蠢，简直愚蠢透顶。他母亲曾经也这样皱眉头，其他什么都不用做，邓巴就已经服帖了。他以为自己早就忘了羞辱有着怎样不可违逆的力量，就像几条古老的矿道，多年来被权力和财富的乱石充塞，直到最近的磨难把它们一下炸开。此时皮特的皱眉在炙烤着他，让他想隐形，就好像这几十年来他努力变得越来越不可一世，变成亨利·邓巴，变成一个家喻户晓的大人物，只是为了压制一个更深层的渴望——消失。这是怎么回事？他怎么会这么容易就把过去给忘记了呢？他对自我的认知太脆弱、太偶然了，可能随时会消散，就像一幅雨中的水彩画。

"对不起，对不起。"他说，跟着皮特到了室外。他怕皮特就此把他抛下，因为发现了他是这样的一个老糊涂，"对不起，你还愿意带上我吗？我还能来吗？"

"当然了，老家伙，"皮特说，"我就是怕我们的计划被发现了。这个古拉格[1]最讨厌客人没尽兴就走。老天，可真够冷的。我也希望我们有辆车，有个靠谱的司机，但实际情况就是我们只能自己走。12月的坎布里亚郡——就算只能看到冰雹和风暴，依然游人如织，斯科费尔峰[2]上只有站票卖。"

两人经过一些用颜色标识的巨大的垃圾桶。前面有条林间小径，最适合出逃，直接通往外面的一条乡间小道，比疗养院的车道地势要低得多。正要走出院子的时候，他们发现墙后停着一辆越野小卡车，钥匙还插在上面。

"您的意念是何等强大！啊，天神！"皮特用史诗剧的配音腔说道，"太初有意，意在邓巴，邓巴言车，于是便有了车，邓巴觉得这是好的。"

"这真是我干的吗？"邓巴上车后挨着皮特坐下，难以置信，"可要是我想到了什么坏事怎么办？"

"别担心，亨利，这也不是那么灵验的，比方说，你就没有变出一个靠谱的司机来啊。至少我开车还没有人抱怨过太靠谱，特别是酒精浓度超标的时候——我真心希望今天稍晚些能达到那样的状态，至少超它个二十倍吧。"

---

[1] 在英文语境中，一般指斯大林时期的苏联劳改营。

[2] 位于英国坎布里亚郡湖区，是英格兰最高峰。

　　引擎发动时哧哧作响，小卡车往前一蹿，驶向树林。沿着泥泞的窄道一路颠簸时，皮特化身为一个烦人的汽车发烧友，不顾喧嚣的引擎声，像个兴奋的孩子一般不停喊出专业名词和参数信息，但邓巴没有听，他在思考自己的超能力。以前，他总认为自己或多或少可能是有一点超能力的，而今天他凭空变出这辆他们正好用来穿越荒野逃跑的交通工具，邓巴第一次对自己的超能力确信无疑。他感觉命运如同电流从头顶到脚底通过自己的身体。他闭上眼睛，觉得一时间心澄如水。一切都会回来的，等他重新掌权之后，他会惩罚那两个坏心的女儿，然后他会把帝国留给弗洛伦斯。

　　父亲爱子女不能偏心，这他向来都清楚，但他掩饰不了女儿中最让他倾心和欢喜的就是弗洛伦斯。她继承了母亲的美，还有那种让人卸下防备的同情心。有时候，邓巴其实是自寻烦恼，但只要说给弗洛伦斯听，那些心结就自动松开了；这种功效也不是她有意为之，更像是种自然现象，如同冰到了某个温度会融化一样。除了弗洛伦斯自身的品格，他爱这个女儿还有个简单的原因，那就是她母亲凯瑟琳是他的一生所爱。这份爱，或者是这份爱留在他心里的样子，因死亡而不朽，它不会腐坏，也不会被"习以为常"侵蚀。庸常的生活不能把爱慕变成容忍，把容忍变成厌烦。在这澄明的一刻，他看清了当时在凯瑟琳车祸离世之后，他把弗洛伦斯抓得太紧，间接造成了她对于独立的渴求，最终也让她决心和邓巴的生意划清界限。当时，他只能觉得像是又被抛弃了一次，又一次被剥夺了什么，他的另外两个女儿也怂恿他这么想。

她们一直憎恨父亲的厚此薄彼，并且始终不遗余力地靠模仿他的无情，以及对权力的热爱来取悦他。她们最终说服了他，让他相信弗洛伦斯的股份必须被剥夺，然后分给她们俩，因为她们才真正尊重父亲的成就，并且会继承他的事业。多么糊涂啊。他现在明白了，在某种意义上，弗洛伦斯的固执和骄傲才是真的，她就那样离开了，从来不曾动摇。

车子在减速，这让邓巴有些意外，就把眼睛睁开了。他看到哈罗德夫人正站在路中间摆手让他们停车，她脚边的路面凸起一块灰色石头，上面长满了青苔。皮特只得停下来。

"你是出租车吗？"哈罗德夫人绕到了皮特旁边。

"厄休拉！"皮特说，"你这是要去哪儿？"

"我想回家。"

"正好我们也回家！"皮特说，"你乘车费带了吗？"

"我有自己应急的钱。"哈罗德夫人说着，从大衣口袋里抽出一个皱巴巴的信封。皮特一点，有三张五十英镑的钞票。

"正好是你的车费，"他说，把信封塞进了外套口袋，"上车吧。"

"我们不能带上她，"邓巴低声说，"这女人疯得什么都不知道了。"

"亨利，亨利，"皮特说道，满是责备的语气，"我们所在的这个地方，它那些'小小的、无名的、被忘却的善心和爱意'[1] 可是流传古今的，而且不管怎样，一旦你驾起一艘愚人之船出了航，

---

[1] 皮特引用的是威廉·华兹华斯的诗《廷腾寺上游几英里处的诗行——记重游怀河河岸》（华兹华斯虽然是和湖区分外相关的诗人，但其实诗中所写的是威尔士的怀河。）

总不会缺乘客的。"

"但缺位子啊。"邓巴说着不情愿地在车座上挪了挪。

"啊哈，"皮特说，"看到标识了！"

他指了指一块标牌，上面写着：普朗戴尔（骑马专用道）。

"我们这宝贝马力强劲，"皮特说，"驾驭得了这条马道，但我们那些狱卒开的是寻常的车辆，拖着那样笨重的车队，是断然追不上来的。"

越野小卡车再次出发，开上了这条新的林中小道，邓巴的心情却没有征兆和过渡地崩塌了。他认清了皮特是靠不住的，后者只是出来大醉一场、浪游一番。自然，他也不能指望这位精神错乱的哈罗德夫人。他待会儿只能自己一个人走了。树上的叶子都落光了，黑色枝丫歇斯底里地朝各个方向伸展，在他眼里它们就像中枢神经系统被疾病摧残之后的展示：对人类苦痛的精微读解就这样铺陈于冬日的天空。

4

弗洛伦斯呆呆地看着中央公园水池里喷起的晶莹水柱，但她发现自己心动的并非其中充沛的能量，而是那片刻的飞扬之后，重力又是如何把水拽了下来，就像孩童的兴高采烈被父亲严厉的只言片语扑灭一样。她滑开露台的门，再次回到客厅里。她之前出来是觉得太热了，现在进去又因为太冷，很快她又会觉得太热的。什么都不对，什么都无法让她安下心来。之前，跟阿比盖尔通话后她很不安心，直接飞来了纽约，想面对面质问她那两个姐姐，到底把父亲藏到了哪里。但她刚到，那两人就溜走了，依旧没有理睬她的信息和邮件。只有马克依然在城里，他是阿比盖尔已经疏远了的丈夫。昨天晚上，弗洛伦斯跟他通了电话，但他完全不知道邓巴此刻身在何处，也不知道阿比盖尔到哪里去了。

"她们只告诉我，"弗洛伦斯说，"亨利正在瑞士的一家诊所里。"

"那么，至少这个国家你可以排除了，"马克本想再添一点空洞的笑声，但听上去勉强只算一声闷哼，"即使毫无必要的时候，阿比撒起谎来也凶猛得很。你也知道，她觉得说实话是种缺陷。真相，大体上来说，一般只有一种情况——亨利要么是在瑞士，要么不在——但撒谎却有无限种可能，能用来抵挡那两个姑娘最害怕的一件事——单调。"

"大致就是这样吧。"

"醒醒吧，弗洛[1]，"马克说，"就是你这位姐姐曾经在你的摇摆木马支架上动了手脚，要让它在你摇得正起劲时断裂，最好你的脖子也跟着断裂。"

"她也很苦，当时我有母亲，而她……"

"你太宽容了，"马克打断她，"我是跟她一起生活过的人，第一次听她讲这个故事，我还以为她要我欣赏她的诚实，或者她是如何摆脱自己的艰难童年。现在我才明白，她是在吹嘘自己那么小的年纪就显露出将来的'不凡'。"

"既然如此，你为何不离开她呢？"弗洛伦斯问。

"因为恐惧，"马克说，"必须是她自己想要结束才行，如果是我提出，她会有办法毁了我的。"

弗洛伦斯想不出来能如何接话。他们聊到最后，马克给了她一句模棱两可的承诺，他说他会帮忙的，但前提是他得确保自己不会到头来也被关进一家疯人院。

——————————

[1]　弗洛伦斯的昵称。

　　马克提到"疯人院"的时候，其实在婉转地指代残暴的刑囚。父亲消失之后，弗洛伦斯意识到要是两人尚未和解，父亲就遭遇不测，那么在她的记忆里，这段关系就会像公园中那些崩塌的水柱一般，被失望和反对所占据，这让她难以忍受。直到一年前，邓巴对她还是十分宠溺。弗洛伦斯一直觉得，不管是面对她的姐姐们，还是董事会，还是父亲的朋友、潜在买方还是他的四万名员工，邓巴永远会偏向她。可当她承认不想插手家族企业，想和本杰明、孩子们一起住到怀俄明州的乡下去，过一种所谓的简单生活，邓巴急怒攻心，把弗洛伦斯从董事会移除，剥夺了属于她的那份遗产，而且怀着愤恨不让她的孩子们再与"信托"有任何关联。他把弗洛伦斯对生意的漠然视作对他个人的冒犯，并且认定这是一种幼稚的行为，假以时日，一定会被他企业中弥漫的自傲氛围所溶解——邓巴传媒帝国所有臣民都觉得历史不是被见证，而是被他们创造的。弗洛伦斯明白历史肯定不只是一版鼓动性、偏向性十分明显的新闻报道，但她和亨利的关系破裂，不是因为这一点上的意见不合。她理解父亲如此狠心是因为她的独立不仅拒绝了他的传承，同时也是她拒绝继续被当成母亲留存于世间的那片残影。她之所以能独立，正因为她曾经被呵护，但像亨利这样占有欲太强的父亲，是无法把女儿的自主引以为傲的。同时，他也没有足够的抵御力不把另两个女儿的贪婪当成对自己的敬爱。

　　母亲去世时，弗洛伦斯十六岁。在之后的很长一段时间里，孝心使然，她的整个生命都朝着母亲留下的空缺不断收缩。但丧母之痛又同时不受控制地不断扩散，直至连老师的情绪、食物的味道和草地的颜色都受其影响，似乎全变了样。麻木了一年之后，一点一滴的，被忘却的关于母亲的记忆开始流转于弗洛伦斯的梦中，出现在和某些人的对话中，他们记得母亲的言谈、往事和姿态。她在女儿的头脑中重新活过来了。对亨利来说，这样的事情没有发生过，妻子被冻结在了她最为完美的样子，而弗洛伦斯被分配到的职责就是将凯瑟琳身上为邓巴所爱慕的美好品质长久地留存在他的生活中。这是亨利·邓巴所擅长的：合并、收购、委派、重塑。他把弗洛伦斯的现世和凯瑟琳的鬼魂合并了，重塑成同伴、密友、温柔女子和理所当然的继承人，他的心理架构需要这些支撑。当她选择了自己的丈夫，而不是他，选择了后代，而不是父辈，弗洛伦斯知道此举在父亲看来是女儿在毫无心肝地摧毁他的最后一道防线，逼他认清凯瑟琳早已荡然无存于人世间。弗洛伦斯了解亨利的性情，并不意外他会把自己的哀痛化作怒火，她没有想到的是过了这么久，父亲依然抗拒和解，而且，他们之中可能有一方等不到那一天了。

邓巴当时说了一些本不可原谅的话，但弗洛伦斯把父亲的发作看成是某种碰巧包含污言秽语的癫痫。可即使是在那样的状态，亨利肯定也知道，就算弗洛伦斯真该为此尝尝一贫如洗的滋味，他也是办不到的。她绝对不至于穷到因为经济原因向父亲妥协，尽管按"邓巴标准"她已经和乞丐没什么两样了。她此时住的公寓就在自己名下，她继承了母亲的财产（邓巴一边提醒女儿，这都是他给的——弗洛伦斯的**一切**都是他给的——一边骂自己那么大方真是瞎了眼），还是一个附属信托的受益人，这个信托就是邓巴特意为几个女儿创立的，而且威尔逊告诉他已经不能撤销，也不能更改弗洛伦斯受益人的身份。她把邓巴信托的股份还给了父亲，没有怨言，也没有要退股金，这是在用慷慨让他难堪。

弗洛伦斯把门滑开，又走到露台，既惊叹于自己实在是太好预测，又怀疑自己做了那些预测到的事情只是为了显示她的先见之明。她一晚上没怎么睡，看着指针慢慢挪动，等一个能够给威尔逊打电话的钟点。过去一年，威尔逊一直设法保护她，同时也一直是父亲最忠心的盟友，但被解雇之后，他带着家人撤到了温哥华岛上的托菲诺，那是他们度假的地方，现在打电话过去还太早。就在她又算起还要等多久的时候，电话响了。来电显示上正是威尔逊的名字。

"威尔逊！我刚刚正在想现在打电话给你太早了。"

"我这边也忍了好几个小时了，昨天晚上我听说没有人找得到亨利，就担心得没法睡觉。"

"你有没有什么大致想法，觉得他可能在哪儿？"

"我有一帮实习生在给全欧洲和北美的私人医院、诊所打电话，找亨利·邓巴，还有几个他以前住酒店用的化名，目前一无所获。"

"我能做什么？"弗洛伦斯问。

"离决定性的董事会会议还有四天，我也打了不少电话，但看上去你的两个姐姐已经拿下她们需要的多数票了。大部分董事会成员都是你父亲在我的帮助下挑选的，都不糊涂，他们都见过那份把所有实权移交给阿比和梅根的关键声明，虽然我恳求过亨利不要签。现在她们还有鲍勃医生的一份报告，可以用来支持为什么应该把亨利'非执行董事会主席'的头衔拿掉，你的两个姐姐想让亨利完全出局。他目前的影响力还是太大，就算法律上没有实权了，只要他本人出现，董事会那帮人还是会想方设法讨他欢心的。"

"要是他没有能力处理相关事务，应该有份授权书的，我确定他把代理权交给了你。"

"确实交给了我，但有个先决条件，就是我得是他的雇员，而他也确实把我给解雇了。你应该猜得到我的继任者是谁。"

"那我们能不能说——"

"没用的，"威尔逊打断她，"即使我们拿回代理权，只要你两个姐姐的职位由董事会通过，她们下一秒就又能把我炒了。"

"天哪，她们这次的政变真是天衣无缝啊。"

"实在太让人费解了，没有谁比你父亲更明白权力是怎么回事，过去四十年，每一块大陆上都有他的生意，而且其中至少二十年吧，任何新闻事件，他都可以让它们成为头条、变味或消失，他想要跟任何国家的领袖说话都可以，他可以影响选举，摧毁对手，但突然间，他一觉醒来，只想要那些虚头巴脑的玩具，不再要那些真实的东西了。我目瞪口呆，之前他对那些玩具从来不在意的，但不管那些乖谬想法从哪里来，也不能以此为借口绑架、羞辱……"

"还有呢？"

"我不知道，我不知道她们能干出什么样的事情来。但我知道，我还从来没见过你父亲像那天在汉普斯特德那么害怕。他像是恐慌症发作，他怕天空、怕光，像一个有旷野恐惧的人——要知道，这个人可就是因为喜欢看空旷的天空，在新墨西哥州买了一百万英亩的大牧场啊。"

"我感觉自己像是被火警吵醒，"弗洛伦斯说，"就像我和本杰明在一起的生活只是一场昂贵的幻影。与此同时，我的姐姐们正在劫持信托，绑架父亲。"

"可能是时候穿上你的邓巴铠甲了。"

"啊，不开玩笑，铠甲已经穿上了。他一刻没有安全，我就不会脱下来的。"

"我只能想到一个软肋和一个渺茫的机会。软肋是马克，他还留有一丝类似良心的东西，关键是他对阿比已经只剩下鄙视了。有些话他可能不会对一个刚退下来的律师说，但对一个人见人爱的小姨子，就另当别论了。"

"别想了，我已经跟他通过电话，他太害怕了。"

"尽管如此，还是值得花几个小时听听他有什么可说的。或许他不敢和阿比直接对抗，但我知道他很纠结，可能会给你一些提示。"

"那个渺茫的机会是什么？"弗洛伦斯问。

"那个吉姆·萨奇你还记得吗？就是那个'环球一号'的机长。"

"当然，他以前想教我怎么开飞机。"

"要是她们用了飞机，他就应该知道她们在哪里降落过。他不会想到要瞒着你，除非她们已经关照过，不过估计她们还没想到这个层面。我现在就把他的手机号码发给你。"

"好，我们聊完我就联系他。"

"今天晚上我就到纽约，跟克里斯一起来。亨利作为教父一直待他不错，他想帮忙。再过二十分钟会有一架水上飞机来接我们去温哥华，我现在该收拾东西往码头赶了。"

"谢谢你做了这些，查理。被那样对待之后，你其实可以退休不管的。"

"这也是我妻子的想法，但我还没有准备好过一个观潮人的生活，还不想隔三岔五找一个联合国教科文组织颁布的世界文化遗产去观光。我会战斗到你父亲重新掌权，战斗到邓巴信托能好好过渡，不至于伤害那四万名员工。而且真要说句心里话，我是不想看到你的姐姐们得逞的。"

挂了电话，弗洛伦斯觉得只在露台上走来走去已经不够了，她一定得去公园里把自己焦躁的心情捋顺，然后再做个决断。仅仅一年之前，她那么毅然决然地从家庭政治中抽身，这一次，她得想好要介入到什么程度。要确保父亲安全，似乎只能让自己陷入一场和姐姐们的战争，要去勉强一个犹犹豫豫的姐夫，要摆出道理去动摇董事会。但她告诉威尔逊的话是真的：她已经穿上铠甲，投入战斗了。这个决定从她看似温和的性情中浮现，更显得深沉，就像一条只在冬天才不干涸的地下水流，因为一场暴雨从山侧杀出，但之后却能拔起树木，冲开巨石。

公园的煤渣小道九曲十八弯，但在弗洛伦斯看来，并不比周围那些方阵街道多出多少人情味。在这个问题上，她的恼怒经常让朋友和家人觉得很不像她。这些小道似乎在刻意提醒她该放松了，而消遣是一定要迂回和延迟的，这才不同于那种"两点之间直线最短"的愚笨功利心。但她一点也不想去绕一下所谓有趣的远路，不想照别人的想法去放松，去享受散步本身。她想要直奔主题，她想要采取行动，这样才能救她父亲。她选了条自己的路径，直接从草地上穿了过去。这时，威尔逊的邮件传到她手机上了，弗洛伦斯点了一下吉姆·萨奇的号码。

"你好。"

"是吉姆吗？我是弗洛伦斯，弗洛伦斯·邓巴。"

"嗨，是弗洛伦斯啊，能听到你的声音真是太好了，"吉姆的语气里都是爱惜，"我有什么能帮忙的吗，还是你想明白要学开飞机了？"

"怎么猜得这么准？"弗洛伦斯随机应变道，"昨天过来的这趟飞行太糟糕了，这才想起你跟我提过可以自己去考一个资格证。你会不会太忙了？我现在在纽约，或许我们可以商量个时间之类的。"

"我特别愿意，弗洛伦斯，只不过我现在还在曼彻斯特，不知道什么时候能回去。你姐姐的行程没有邓巴先生那么固定。"

"曼彻斯特？"弗洛伦斯说，"你们在那儿干吗？"

"完全不知道。为什么来这里就不该我管了。不过我可以告诉你，这儿的天气那是又暗又糟。"

"行吧，那等你回来，你带着我飞。"弗洛伦斯想赶紧把这边的通话结束，把消息转给威尔逊。一会儿他就会被老式水上飞机的颤动和吼声湮没。

"一言为定。"吉姆说。

她挂了电话，立马接通了威尔逊。

"弗洛伦斯！"威尔逊喊道，背景里都是浪涛拍岸的声音，"我正在上飞机。"

"曼彻斯特,"弗洛伦斯说,"我跟吉姆通过话了,他告诉我,他们是在曼彻斯特降落的。让那些实习生把注意力放到英格兰,尤其关注曼彻斯特附近,而不是伦敦。"

"好的,"威尔逊说,"干得好。他们要发动引擎了,不过克里斯要我代他问好。"

"也代我向他问好。"弗洛伦斯说,几天以来第一次露出微笑。

5

国王头盔酒店离梅尔沃特湖只隔了一小片草坪，草坪正中立着一根旗杆。邓巴坐在飘窗前，看着那面迎风挣扎的圣乔治十字旗，觉得旗杆顶端的绳子就快要拽不住它了。寒风朝着湖岸的方向呼啸，把一湖黑水抽打出紧张的白色浪花，又把这些浪花匆匆砸碎在酒店前一片窄窄湖滩的乱石之上。为了标记草坪的边缘，他们立了一排夯实的白色柱子，柱子间吊着粗重的黑色铁链。这样的配色不仅与湖水相合，也对应了邓巴面前这杯还没有碰过的健力士黑啤。从外到内，从内到外，从湖水到酒杯，从酒杯到湖水，中间隔着铁链，他很容易想象自己会如何被绊倒，然后一头栽向湖边的乱石。他那宝贵的、不可靠的脑子四处飞溅，水浪急切地拍打着，那一面旗帜在风中颤抖、皱缩，他的鲜血和旗上十字的颜色正相同。

邓巴抓住桌沿，给自己一点支撑。事物间的相似让他的心神支离破碎。他一定要把东西留在它们该待的地方：湖中是水，杯中是酒，身体里流的是血。

"再来一轮！"皮特站了起来，欢天喜地地喊道。

虽然哈罗德夫人只抿了一口她的姜酒，邓巴尚未开始喝他那一杯健力士黑啤，皮特那一大品脱的健力士已经见底了。他进门时就点了三大杯威士忌，假装他们一人一杯，当然也早已被他自己喝光。

他快步走到吧台边，魅力四射。

"我们三个人都想再来一份大杯的威雀威士忌，然后还要两品脱健力士黑啤，谢谢。我们那位女士尚在'品赏'那杯姜酒。"

他又随口加了一个三明治拼盘，拿出一张五十英镑放在吧台上，反复拍打，一方面是让大家注意，虽然他点酒菜十分奔放，但付钱也爽快；另一方面，还是他下意识里舍不得这张钞票。这花出去的已经是哈罗德夫人的第二张五十英镑了，他手里只剩下最后一张。当然付出去的一百块会有找零，但现在确实也到了怂恿邓巴动用他那张瑞士信用卡的时候了。要是那个用不了，他只好丢下这两个人，找一家只能外带的酒铺，酒吧里实在不划算。现在除了大醉已经没有退路，喝酒有步骤，他已经到了这个份儿上，只能再仔细引导自己经历接下去的几个阶段：断片儿，即兴给讶异的陌生人表演，最后神志恍惚地出现在一些无法解释的地方，可能是一个他不认识的城市，可能是一个他不记得的房间。如果不能自由，就让自己严重迷失。

"我会把你要的东西一起送过来的，先生。"调酒师说道。

"我帮你端威士忌。"皮特好心好意地说。

回到座位，他把三杯双份威士忌都倒在了一起。

"我一直都很鄙视英制计量单位，"皮特说，"要是我们能去碧雅翠丝·波特的世界[1]——就在旁边，不去可惜——我们应该可以见到那个可爱的小顶针，最早的'一份酒'就是这么量出来的。当时的人算得很精确，这点威士忌给一只刚出生的松鼠喝刚刚好，或者给一只小气的榛睡鼠。"

"啊，我可喜欢碧雅翠丝·波特了，"哈罗德夫人说，"我们去吧。"

"**在我这儿**，这就叫一'口 酒[2]。'"皮特举起他那杯巨大的威士忌，用他的约翰·韦恩语调说道，然后一饮而尽。他放下酒杯，好似再寻常不过，但也看得出些许得意。

"那座山不就跟圣诞布丁一模一样吗，是不是？"哈罗德夫人隔着湖水指着远处一座圆润的小山，"顶上还撒了点糖粉呢。"

"等一下。"邓巴说。哈罗德夫人又提出了一个相似之处，让他更觉眩晕。

"你说得没错，"皮特接话道，"山顶上有些冬天会变成铁锈色的欧洲蕨，又抹了薄薄一层白雪，厄休拉，你真是有一双发现超大布丁的眼睛，有人这样说过你吗？"

---

[1] 根据英国儿童文学女作家碧雅翠丝·波特（Beatrix Potter，1866—1943）的故事所建造的主题公园。彼得兔是她的作品中最知名的角色。

[2] 原文"a shot"，指单杯的烈酒，容量不超过两盎司。

"没有，没人跟我说过。"哈罗德夫人说着害羞起来。

"可这是千真万确的。"皮特说。

"行了，听着！"邓巴坚持道，试图靠发火来压制自己的焦虑，"我们不去见鬼的碧雅翠丝·波特的世界，也不会去爬圣诞布丁，我们要找辆车，去伦敦，把整个局面**掌控住**。"

"绝对的，老头儿，"皮特宽慰他道，"先把你手上这酒给我，一会儿就温了，没喝头。"他说着拿起邓巴的酒杯，一口就半杯下肚，"新的一杯马上就到，得赶紧把这杯先解决掉。"他把这品脱喝完，浮夸地咂巴了下嘴唇，"我们先要看看你那张瑞士卡有没有用。有用的话，我们就可以给出租车司机提一个他不得不照办的要求了。"

"不要在外面提起我的卡，"邓巴从桌子那头探过身来，压低嗓子用气声训斥道，"这是个秘密账户。"

"你的秘密厄休拉不会泄露出去的。"皮特说。

"什么秘密？"哈罗德夫人说，"你们在说什么呀？"

皮特得意扬扬朝邓巴笑，但这老头儿气还没消。

"顺便问你一句，厄休拉，"皮特说，"你的应急款项还需要再补充一下吗？亨利和我等会儿要去自动提款机，或许可以顺便帮你取点钱？"

"我的卡他们一张也没给我留，因为我记不住号码。"

"恶魔，"皮特说，"没心没肺的禽兽。"

"你的卡也是你女儿拿走的吗？"邓巴问。

"不是，是我的银行，"哈罗德夫人说，"我觉得他们这么做还挺有道理的，天知道有卡我会干出什么事情来。"

三明治和啤酒送来的时候，皮特有冲动再点两杯威士忌，但他克制住了，问酒保最近的取款机在哪里。

皮特和邓巴狼吞虎咽地把食物吃完了。

"最近我已经不去伦敦了，"哈罗德夫人说，"那里现在跟个外国城市一样。"

"要是这样，你应该高兴，因为我们今天不准备把你拖到伦敦去。"邓巴冷冷地说。

皮特坐到哈罗德夫人旁边，握住了她的手。

"听好了，厄休拉，我们去取钱，一会儿就回来，你要坚守岗位。"

"我们这是在哪儿？"哈罗德夫人问。

"国王头盔，"邓巴说，"我们在国王头盔酒店。"

"这个你还要吗？"皮特指了指邓巴的酒杯。

"你喝吧，"邓巴不耐烦地说，"反正你看上去很爱喝的样子。"

"啊，我真是口渴难耐，"皮特用浓重的爱尔兰口音说，"我那忧思重重的心中有一团烈火在焚烤，悲凉的人间只有一物能将它扑灭。"

"哦，你好可怜，"哈罗德夫人说，"你应该寻求专业帮助啊。"

"你瞧，幸亏有了我们这位健力士医生，"皮特说，夸张地朝哈罗德夫人眨了眨眼，"我已经感觉好多了，感谢您的关心。"

普朗戴尔大街上只有一家银行，从国王头盔酒店出发沿着路往山下走几百码，拐个弯就到了。人行道上有个取款机，室内还有一个。

"我们进去吧，暖和一点。"皮特说。

"里面可能装了监控。"邓巴说。

"而你的女儿们正密切关注着北岩银行频道。"皮特说道，就好像这种事情他最清楚。

"我怕的正是这个。"邓巴说。

"明白，"皮特说，"那就让我们留在这未被监视的大街上，何惧它切肉刀般的寒风，还有那争先恐后要落下雨点的黑云。"

邓巴把自己裹进大衣的皮草领口中，对此类气象恐吓无动于衷。特别是他把瑞士信用卡从钱包中取出时，仿佛参禅入定一般，而等他把卡插进机器里，那种威严是皮特在这个老头儿身上从未见过的。他点击屏幕上的各种选项，遮挡皮特好奇的目光，将自己的身份认证号码输了进去，在此过程中，他一直在变得越来越高大。但直到自动点钞机发出唰唰声，作为对他申请五百英镑的首肯，邓巴才真正挺直了身躯，像是重新掌控住了这笔两人都十分渴望的财富。在世人眼中，邓巴和钱是不可分割的，其实在他自己心里也是一样。而皮特想到的是一个搁置在地上的热气球，布料上全是褶皱，而燃烧器一旦将热气喷入其中，它就不断膨胀，向上伸展，直到拽紧连着吊篮的牵绳。

"成功！"邓巴从提款机亮出的牙齿间抽出钞票。

"太棒了！"皮特一边拍手一边上蹿下跳，仿佛成了自己刚刚想象中的大气球，"再试一次！我们离伦敦还有三百英里，谁知道汽车公司派豪华车跑这一趟得多少钱？"

"一英里的收费是两到三英镑。"邓巴说。

"是啊，就说嘛，我们至少还要这么多的现金。你手上的钱只够送我们到伯明翰。"

"我到时刷卡就行了，"邓巴说，"这卡里……"他一下说不出口。

"没有限额！"皮特说，"没有限额！"

邓巴闭上眼睛，想屏蔽那些向他涌来的意象，但那些意象却越发鲜明了：一根断掉的绳索，一个与母舰分离的宇航员翻滚着落进冷寂的黑暗中。周围的星辰都太远了，暗淡的星光落在面罩上的时候，那颗恒星或许早已湮灭。等飞船消失，一切方向废弃，没有重力，也没有实在的表面和有意义的参照点，只有无边空间的苍白统治，四万一千二百五十三平方的无情。

他可以感觉到皮特搂着他的肩膀，又轻轻地把他转过来面对取款机。邓巴被方才那些地狱般的画面吓坏了，又鬼使神差地把取钱的操作完成了一遍。皮特抽走那一沓二十英镑面额的钞票时，他也没有阻止，看着皮特把钱塞进裤子口袋里。

"不用担心，老头儿，钱我拿妥了，"皮特说，领着邓巴沿大街往回走，"我们已经准备好上路，现在只要回到酒店，预订普朗戴尔最好的包车服务。可能是有酒吧、能把腿伸直的豪车，甚至可能是带浴池的那种也说不定，也可能是个移动的洗羊池，但不管用什么方法，我们要去伦敦的花花世界了。迷雾之城，万都之都！"

转过拐角的时候，皮特突然抬起手臂，顶在不明所以的邓巴的胸口。

"后退，后退，"皮特说，"我看见国王头盔酒店门口停了辆梅豆米德的面包车，他们很可能正在用'水封闭'审讯厄休拉。凭她的记忆，我们照理是没有危险的。可惜，我们还问了酒保，最近的取款机在哪里。赶紧走吧，我的天哪。"

皮特脚步沉重地沿人行道向前走，经过罪证之一的银行，看见第一条岔路就拐了进去。邓巴一直跟着，但转过梅尔沃特街的拐角，他喊皮特走慢些。

"没事，"皮特说，"你可以慢慢走，只要沿着下山朝湖泊去的那个方向就成，车子到前面开不过去的。不过我得去前面探探，看步行有没有出去的路，否则今天这里就要变成罗伯茨护士的游乐园了。她可以摇下车窗，尽情地朝我们射麻醉飞镖。"

"别说这种话，"邓巴说，"画面太生动了。"

"别怕，老头儿，我们会有办法的，"皮特说，"我们可能需要沿湖岸跋涉回国王头盔酒店，要两个房间住一晚。只要他们在那里一无所获地离开了，绝不会再回头来找我们的。"

这方案的失败之处邓巴一下想到好几个，但还没来得及说，皮特已经奔出去探路了。两人都没有手机。邓巴的手机被碾碎在伦敦巴士底下，而皮特因为执着地反复尝试逃跑，只能交出手机作为他留在梅豆米德的条件。而他之所以要留在梅豆米德，因为有人答应，只有这样才会让他再拍新一季的《千面人皮特·沃克》。要是邓巴有手机，他立刻就能叫一辆出租车。刚才他弄清楚了，他们正在布朗戴尔的梅尔沃特路。他可能速度不快，但善于应对实际问题，且体壮如牛。冬天回加拿大的时候，他会去越野滑雪；夏天回加拿大，他就会在自己的湖里游很长的距离，那片湖可比此刻展现在他眼前的这片大多了——小路已经走到尽头。

"亨利，这里，"皮特说，从邓巴右侧的一扇小门里钻出来，"快，趁那些狱卒还没找来，我们得先消失。"

邓巴急忙进了那扇门，跟着这位神采飞扬的同伴沿一条小径往前走。

"一切都刚刚好，"皮特说，"我在前面看到本土的某种树上高高低低贴了张塑料地图，原来我们现在走的是一条环湖的公共小径。此处林木茂密，又全是分岔小道，他们铁定找不到我们的。我们要是现在往山上走就太显眼了，但如果绕到对岸，可以爬到一个山口，过去就是另一个山谷了。"

邓巴哼了一声表示认可。他已经慢慢进入了大踏步前进的节奏，不愿在无根无据的闲扯中分散自己。他要保持精力，沉浸于那个唯一的目标——回到伦敦，不管用什么方法，重新掌控信托。最近他自己一直搜寻不着的理智，此刻被他的身体找回来了。因为这种目的的狭隘感，他感觉自己的固执和注意力也开始归位。这正是他所需要的，要借它们来对抗那种——他不能再想了——那种"无限"之感。他一定不能再想这件事，但你不去想它怎么知道自己不该想的是什么？他一辈子都只专注于——有些人会说，就是那些总爱琢磨心理学的人，他们会说这已经成了执念——一件事：一笔交易、一次并购，有时候是一个女人，并且不去考虑为什么。一切看起来都是那么不可避免、无法抗拒，亦无须解释。但现在他知道为什么了，他真的知道为什么了。他就像一条跳进水里追逐木棍的狗，一只从天空俯冲着扑向麻雀的鹰，因为不这样的话，他就会坠入虚无，失去方向，失去归宿。天哪，他不要再想这回事了，他不是说了他不要想吗？为什么已经吩咐下去的事情没人理睬？是不是四个秘书都擅离职守修指甲去了，而他对着无人接听的电话嘶吼："**我不要再想这件事了，你到底明不明白？**"

"湖对岸还有一个停车场，"皮特说，"都说不准，或许那里还会有台付费电话。我之前从梅豆米德有过几次未经授权的外出，发现在这与世隔绝的乡下，淳朴的百姓还没学会破坏公用电话，有些居然还能用，而且——你听好了——它接受硬币。"

皮特摇了摇口袋中的硬币，让邓巴知道如果有那样的机会出现，他已准备妥当。

"不错，"邓巴说，"不管是电话，还是山口，我都没问题，总之这件事非成不可。"

他大步朝前走去，就像是把犹疑都在脚底踏碎了。他语气中的冷峻让对话无法继续，两人沉默地沿着湖行走。不用再迎着风，邓巴才透过枝丫和树干看到，这一段拥有天然屏障的湖岸不像酒店前的那段浪花四溅，只是远处湖水中的动荡辐射到这里，成了颤动的、环环相扣的涟漪。邓巴的视野突然开阔，让他几乎不由自主地停了下来。面前银黑色的湖滩，几块巨石出现的位置像是在日本园林，有种一丝不苟的天然。隔着湖水童山濯濯，高处有条带状的积雪，山坡抹着一道道飞速流动的云影。以前，他去"周边郡县"开完会，或是在白金汉郡的契克斯别墅[1] 或某个

---

[1] 伦敦西北白金汉郡英国首相的别墅。

乡村味浓到始料未及的宅邸中享受完周末，在疾驰回伦敦的车中，邓巴见过这个小岛和它清新的乡村景致，但今天它又是如何制造出如此陌生而销魂的荒野之气的？他发现自己又在晃神，迷失在波动的水面上纵横交错的光影中。他狠了狠心，逼自己从那个空地走开，又回到了林木间的小道上，回到行路时那种抚慰心灵的节奏中。他大踏步朝前走着，忧惧的感觉总算平稳了一些，让他心里有地方可以思念弗洛伦斯。这种情绪和忧惧一样，排山倒海而来，只是不会激荡起那种不适之感。他是如此渴望与女儿讲和，如果此时弗洛伦斯真的出现在他面前，他可以双膝跪地，求她原谅。他是如何变成这副样子的？或者该问，为什么他之前不是这样？为什么他不是始终认为人生惊恐而哀伤？接下来这半小时里，他始终在想，自己是终于回到了自然的状态，还是恰恰相反，他已经背离真正的自我。邓巴还没得出什么结论，思绪就被皮特打断了。

"要是现在能来杯酒就好了。"

"你今天喝得已经足够多了。"邓巴严厉地说。

"足够？"皮特抗议道，"你用的是哪门子的标准？我喝得太不足了，我要对我喝酒不足的罪行供认不讳，请把我扭送到海牙国际法庭。"

"那是停车场吗？"邓巴隔着林子看见一片空地，问道。

"停车场！是的！"皮特又兴奋起来，"我先跑过去，搜个电话出来。"

"等一下！"邓巴喊，但皮特已经沿步道冲过去了。

邓巴再次发现皮特的时候，他正垂头丧气站在问询处旁边，周围是空荡荡的停车场。

"是坏的。"他说。

"那我们只能过山口了。"邓巴说，根本不给自己留怨天尤人的空当。

"老家伙，我觉得自己可能没这个力气了，"皮特说，"要爬好长一段山，又下了雪，我看了地图，去纳丁可不近，路又难走，我觉得我们应该回酒店。"

他从问询处拿了一个小册子，把路线指给邓巴看。

"要走五个小时啊，"皮特说，"还没走到天肯定已经黑了。"

"我有手电筒和瑞士军刀。"邓巴说。

"你还真是喜欢瑞士的东西，"皮特说，"但实话跟你说，我不喝口酒不可能走那么远的，我到时叫辆出租车到纳丁把你带上。"

"不可能的，你一回去就会被抓住。"

"不是，你不懂。"

"我当然懂了，我这一辈子也见过不少酒鬼。"邓巴说，"你觉得自己别无选择，但我认为你的选择是错的。不管怎么样，"他说着从口袋抽出一只羊绒帽，在头上戴好，"谢谢你把我从那鬼地方弄出来，没有你我不可能到这里。顺便说一句，从我这里拿走的钱你留着吧，这样你抢占先机的可能性还稍微大些。"

"你是个好人，亨利·邓巴，比我原以为的要好得多。"皮特说着抱住了邓巴，还稍嫌太过用劲地在他背上拍了好几下。

邓巴立起领子，没有多说什么，朝停车场另一头的山路进发了。

6

之前在飞机上，身前身后都有员工，阿比盖尔和梅根只能克制，现在她们已经住进曼彻斯特最高级酒店的总统套房，邀请好了鲍勃医生共进午餐。鲍勃医生深知他接下来要打的这个电话可能招来大祸，但他内心有股勇气让他不畏艰险，因为他明白那两个姐妹早就玩厌了，只能靠不断增加变态的剂量来刺激胃口。他的身体铺满了火红的鞭痕、发黄的瘀青，还有胸口那排近日新添的针脚，全都尖叫着要复仇。而他的良心，虽然因为背叛自己之前的病人而稍有不安，又扭曲地把即将对邓巴两个女儿的背叛看作是某种因果报应。

这家酒店把"请勿打扰"标牌换成了"我觉得我需要一点属于自己的时间"。鲍勃医生把牌子挂起来，在办公桌前坐好，掏出了预充值的手机，他知道自己常用的手机已经被阿比盖尔某个积极的助手装了窃听器。他背下了史蒂夫·科尼桑蒂的私密号码，从而不让两人间的联络留下任何痕迹。史蒂夫是联合通讯公司的总裁，有个人魅力，也善于自我宣传。他的公司大家都简称为"联讯"，是世上唯一比邓巴信托还大的传媒机构。众所周知，两家公司在纽约第六大道的总部只相隔两个街区，两座高层巨塔黑漆漆的窗户上是彼此的投影，他们在好莱坞的制片厂也在重申这种尴尬的亲密。虽然多年来，联讯和邓巴信托一直在追逐着相同的猎物，为相同的电视台、电影明星、回天乏术的地方报纸拼斗，但他们一直不敢直接攻击对方，怕吞并不成很可能会招致自毁的结局。

星期天早上八点给大多数人打电话都太早了，但史蒂夫亲口告诉过鲍勃医生（虽然成百万上千万《华盛顿邮报》《金融时报》和《财富》的读者也早已知晓）：每周日到这个时间点，一套格外冗长的科尼桑蒂锻炼流程正好接近尾声，他应该在口述邮件和备忘，而动感单车前方的屏幕上除了模拟环法自行车赛的 3D 场景之外，下方还在滚动播报"彭博商业新闻"。这段时间之内，那些拥有他私人号码的少数幸运儿就可以给他打电话了，同时他也开始跟已经醒过来的世界通话。史蒂夫给联讯的高级主管和编辑发出的指令追随着日头的移动：不可一世的亚洲午后淌进了不可一世的欧洲清晨，等那个光芒四射的圆球经过了曼哈顿，东海岸的吹嘘又会转换成西海岸的畅想，一次对话中被剥离的资产在另一场讨论中却有化腐朽为神奇的潜质。有时候，去吃晚饭的路上，他会再给他的亚洲员工打个电话，没有具体的事情，只为让他们暂停瑜伽晨练，或放下手中当天的第一杯咖啡，训斥他们一晚上过去了，却还是一事无成。

"鲍勃！"听史蒂夫这声问候，你会以为鲍勃是他最好的朋友，两人多年未见，饱受相思之苦。

"现在方便吗？"鲍勃医生问。

"岂止方便，简直恰到好处！"史蒂夫说。史蒂夫睡觉时会佩戴一副巧妙嵌入了耳机功能的耳塞，朝他封闭的耳洞中轻声念出各种励志的话语。经生产商仔细设定，它的音量即使醒着时也不足以听清，但能在用户的潜意识中灌输一种无往不利和万物皆备于我之感，这让史蒂夫受益匪浅。"在睡觉时也让你的自信得到锻炼，你配得上生命所能赋予的最大奖赏"——收到最近一任妻子的最近一份圣诞礼物时，史蒂夫还对此类推广文案颇为质疑，但现在，他已经很难想象没有这副"睡眠力量"耳塞，漫漫长夜要如何度过。在自然界的所有大谬之中，史蒂夫一向认为睡眠是最为荒唐的，比"舍己为人"还要难以解释。你每天有三个小时——对于那些真正暴殄天物的人来说，这个数字是八——无法赚钱！即使一笔投资在半夜里大赚了一笔，那种成功也只是因为旧的决策。在这个把消极当义务的牢笼中，任何真正的新决策、大胆的决策、具有攻击性的决策，都无法做出。而用了"睡眠力量"，他至少知道自己正打造一个刀枪不入的自我认知，帮助他面对"道奇城"[1]的突发新闻和永恒争斗。

---

[1] Dodge City，位于美国堪萨斯州，被认为是"狂野西部"最暴力的地方，人们习惯用它来指代"无法无天"。

"你有什么要让我知道的？"史蒂夫说。

"大致就是，"鲍勃医生说，"我已经确认，她们只能给到市场价百分之十五的溢价。周四早晨董事会一旦接受给出的方案，她们这个叫作'鹰石'的家族基金就会收购股票，将邓巴信托私有化。"

"只到百分之十五？"

史蒂夫的短句间听得出他略微有些气喘吁吁，对于一个正在环法自行车赛爬山路段的人来说，这是可以体谅的——他正在比利牛斯山一条很陡的斜坡上。"那个会我得听直播，到时就用你笔记本电脑上的麦克风。"

"她们可能会再往上提三个百分点，"鲍勃医生说，"但不会再多了。还有一件事，她们想把邓巴'非执行董事会主席'的头衔也摘掉。"

"什么？这对姐妹想在没有邓巴首肯的情况下把这事做成？她们的支持者还真有信心啊！"

"迪克·比尔德在帮她们打点。"

"维克托的老搭档，"史蒂夫说，"他跟梅根走得很近吗？迪克基本上就是她丈夫唯一的朋友了吧？"

"是的，可我想这位风流寡妇用铁链拖着的爱奴队伍里并没有他。"鲍勃医生说。

"这可能就是失策。"

"不管怎样，她们会让我加入董事会，"鲍勃医生说，"然后……"

"行了，我知道这样她们一定觉得高枕无忧了，"史蒂夫在他的虚拟山路上转了个发卡弯，"你好像还没搞明白，我是花了钱在

买资讯，我要的是真材实料的东西，比如她们会为什么样的事情
睡不着觉？"

"中国。"鲍勃医生说。史蒂夫突然变了个语气，让他很沮丧。

"什么？就因为她们跟周的卫星合同没谈成？联讯拿下了那个
项目。你以为我不知道吗？是我一手操办的。现在业内都知道了，
邓巴在中国举步维艰。"

"不是，不是，你没明白。周给了她们一份很可观的补偿，他
不希望你们两家之中有任何一家对中国记恨在心。交易数字都很
惊人，让两个姑娘夜不能寐的是，她们怕那个好消息会被提前捅
出去，这样她们完成收购之前股价就会飞涨。"

"你总算拿了点东西出来，"史蒂夫说，"那她们打算怎么处理
老头儿？"

"你看，我现在正在曼彻斯特……"

"曼彻斯特？现在什么时候？1850年吗？"史蒂夫说，"这年
头谁会去曼彻斯特啊？"

"邓巴正在附近的一家疗养院，"鲍勃医生说，"我们想把他转
移到一个安全的地方。"

"那种开在地下六英尺的[1]？"史蒂夫说完，立刻发出那种没
有破绽的笑声，既不太邪恶，也不过分轻佻。"那不行的，"他又
说道，像是在阻拦别人误入歧途，"我很喜欢老邓巴，他建起了一
个了不起的帝国——这也是为什么我会想把它抢过来。不过你还

---

[1] 英文中此说法指坟墓。

是得确保别让邓巴掺和进来，你明白吗，鲍勃？"

"我会的。"鲍勃医生说，往嘴里丢了一颗阿德拉[1]。他喝了一小口水，让自己更有势在必得的决心，"唯一的变数是他的小女儿弗洛伦斯，她也在找邓巴。"

"她能坏我们的事吗？"

"她有可能在关键会议之前，让邓巴回到游戏之中。"

"所以，应对策略是什么？"

"我们会带他去奥地利，那里才是真正的戒备森严，不会像他现在待的这个英国疗养院这么客气了。"

"你们用公司的飞机是不是太显眼了？"史蒂夫的消息总是最灵通的。

"所以我们会把'环球一号'留在曼彻斯特，算作某种障眼法，然后租一架飞机从利物浦走。就算让弗洛伦斯找到了邓巴的飞机，也不会让她更接近父亲一步。"

"她手头有股票吗？"

"没有，她跟父亲闹翻的时候，那些股票都分给她两个姐姐了。"

"但现在却是她在救爸爸？这是什么情况？越虐待，越忠心吗？斯德哥尔摩综合征？"

"也有可能，但具体到弗洛伦斯，我觉得是因为她爱她爸爸。"

"你认为她是个好人？这就是你的解释？你有没有想过……"

"抱歉打断你，史蒂夫，我另外一个手机刚收到一条阿比的消

---

[1] Adderall，精神兴奋性药物，用于治疗注意缺陷多动障碍和嗜睡症。

息，说有紧急情况要我过去。"

"她们拴你的这根皮绳可够紧的。"

"你都没法想象。"

"坚持住，朋友！只要挺到周四晚上就好了。"

鲍勃医生挂了电话，明白如果不赶紧现身，阿比会亲自过来找他的。他心跳加速，皮肤灼痛，嘴唇干燥，头皮发痒，整个人快要散架了。他只是一系列失控症状和凶猛副作用的集合。

沿走廊到总统套房还有一点距离，他想起了自己这段时间的睡前读物，《残忍与独特的惩罚》。他刚才在飞机上读完一章，描写的是如何处决雅各宾派[1]的叛徒，先是一次留有余地的绞刑，然后再阉割加开膛破肚，趁受刑者还没死——或许是有些过于考究了——最后要把身体生生扯碎。此时，鲍勃医生很脆弱，而且有种几近癫狂的疲劳感，眼睑内侧好似换成了砂皮。脚底地毯上混乱的缤纷色彩，设计本意是让它看起来像是出厂时就已经承受了天下所有的灾祸，方便掩护污渍，但在鲍勃医生眼中，就像刚刚发生了一场过于放纵的刑虐，这是块垒满刑虐成果的绞架木板。鲍勃医生在墙上靠了一会儿，忍不住一声抽泣。他想到了在火药阴谋事件[2]中被供出的埃弗拉德·迪格比爵士。行刑者把他的心脏挖出来，举在空中大声宣布："这就是叛徒的心！"迪格比爵士居

---

[1] 法国大革命后发展起来的最为激进和残暴的政治团体，协助罗伯斯庇尔政权在1793—1794年间施行恐怖统治。

[2] Gunpowder Plot，1605年发生在英国，天主教徒密谋炸毁议会、炸死国王詹姆斯一世，最后并未成功。

然剩下一口气喊道："你说谎！"

鲍勃医生想沿着墙壁滑下去。成功蒙蔽敌人的自豪在哪里？突然占上风的激动到哪里去了？他整个人的核心是一个冷血的混蛋，此时此刻，最该让这层人格来接管自己。但事实上，他却在为一个死了那么久的天主教殉难者而哭泣，感动于他的不屈和正直，就像在哀悼一些他永远不会拥有的东西：为了一个原则、一个群体、一种理想而牺牲自我。这到底是什么样的一种体验？

他往墙上捶了一拳，很奇怪，有种不假思索的凶狠。这不是他的心绪使然，而是强加在他此时的感受之上的：既然残忍找不到抒发对象，就只能拿自己的指关节代受其过了。疼痛把他震出了那种哀怨的状态，鲍勃医生挺了挺身子，继续朝走廊那头走去。他提醒自己，到了周四晚上他就会经济自由了，不是通过无聊的工作，也不是堕落地靠继承一大笔钱，他是靠自己的才智、自己的狡猾、自己的魅力，还有他能超越那种束缚庸常之辈的奴性道德观。周五，科尼桑蒂会给他的瑞士账户打一笔钱。合并之后，他手持的邓巴股票估计能翻倍。他还有一个聪明的地方，就是尽管眼看着要在背后捅那姐妹俩一刀，他还是坚持工资不能少发。之前他作为百万亿富翁的随从医生，已经习惯了某种生活。把前面说的那些钱加在一起，至少能营造出一种他也过上了那种生活的假象。用这些钱去投资，能获得的收益的确还不太够，但他没有孩子，而且一旦自己没了掌控局面的能力，也无心苦苦延续生命，他并不介意到时把钱花个干净，带着负债离世。

等走廊尽头那双扇门"砰"地打开时，他的步伐中已经添了几分自得了。

"你他妈上哪儿去了？"梅根说。

"不要再往你那两个肺里充气了，"鲍勃医生一边微笑着，一边朝她走去，"瞧你这副焦躁难耐的样子，还是小心些吧，否则弄不好哪一天你就——"他停下脚步，突然在梅根眼前一寸的地方打了个清亮的响指，"因为心脏病或中风猝死。"

梅根被噎得哑口无言，一脸的不安。这女人要驾驭起来也真是容易。邓巴家的这两个姑娘，自负、跋扈、强硬，但强硬并非强大，跋扈也不是威信，而自负只是因为有钱而自豪罢了。不管是钱还是自豪，都不是她们靠自己挣来的。

"你是在威胁我吗？"梅根问。

"怎么可能？谁脑子坏了会去做这种事？"鲍勃医生让人消气地轻声笑了一下，"我是说，要是你一直保持在这种焦躁程度，那是你自己在威胁自己。我是你的医生，梅格，相信我，你一直给自己这么大的压力并不好。"他走上前，像长辈一样按了按梅根的肩膀。鲍勃医生心里想的是，这周结束之前，还是不要显露太多不服和敌意为好。

"我跟你说，我们现在遇到了一个大麻烦，所以刚刚可能不是我最心平气和的时候，"她承认道，"爸爸从疗养院逃出去了。等我们把他找回来，看我不把那鬼地方告得一块砖都不剩。"

"我相信你一定做得到。"鲍勃医生一边说着，一边跟梅根进了客厅。但他立马闭了嘴，因为阿比盖尔正举着手机在客厅里走来走去。

"我警告你，"阿比盖尔听完了对方的话之后说道，"我们今天下午最晚五点钟会到你那儿，要是到时我父亲不在他的房间里，你会读到关于梅豆米德的一系列报道，帮你重新定义什么叫声名扫地。"

她挂断电话，把手机扔到沙发上，低吼一声表达恼怒。对于她方才所做的威胁，鲍勃医生不以为然。他跟随邓巴多年，当然经常看他私下里骂骂咧咧要毁了谁的名声，但他从来没有听过老头儿直接威胁过任何人。威胁，都应该是绝不言明，但又明确无疑的。像阿比盖尔刚刚那样把它暴露于几句气话之中，除了必定显得手段猥琐，也必然包含一个致命错误，那就是承认了她所贩卖的新闻不过是一件让她由着性子用来打击报复的工具。现在的实际情形就是，即使只为了避免全世界一半的媒体就此被这样的任意妄为所驱使，他也有责任破坏姐妹俩的计划。虽然这周过去的时候，大家会觉得邓巴帝国被毁他是罪魁之一，但实际上他是帮它避免了堕落和腐化，帮它躲过了自己的不肖继承人。在后世的眼中，他很可能被视作邓巴帝国的拯救者，当然，近期他是不指望会收到什么感谢信的。

"你他妈能相信吗？"阿比盖尔说，"早餐之后就没人见过他，那帮人居然到现在都不知道他是否还在他们管辖的区域之内。"

"虽然在他的年纪，邓巴的身体算是格外好的，但没有钱、没有手机，他走不远。"鲍勃医生说话的语调很宽慰人。

"他就不该被放走，"阿比盖尔说，"这次行动本来应该神不知鬼不觉就能顺利完成的。"

"这也是为什么那些报道梅豆米德丢了你名人老爸的文章,还是要先放一放。"

"我只是要他们打起精神来。"阿比盖尔说。

"空洞的威胁永远都是虚弱的标志。"鲍勃医生说。

"还是省省你那些幼稚园级别的马基雅维利[1]吧,"阿比盖尔说,"别忘了自己是谁。"

"也别忘了我们是谁。"梅根补充道,很高兴能和阿比盖尔联合起来欺负这个刚刚用医疗建议吓她的男人。

鲍勃医生差点冲上去抽她们姐妹一人一记耳光,甚至,更狠的,想到刚刚和史蒂夫·科尼桑蒂的那通电话,他差点开始笑话她们是如何的大错特错。但他还是挖掘自己深不见底的虚伪储备,重新打定主意要用心演好最后几天的卑躬屈膝。

"抱歉,运用权力这件事上我自然怎么学也赶不上你们。它在你们的DNA之中——这表达不管多没意义,总之大家都爱这么说。"

"四十五分钟之后,大堂见。"阿比说完,转身不再理会这个被管教好了的奴才,走开了。

"太棒了。"鲍勃医生说。这一回他的微笑完全没有演戏——没时间上床受罪了,这足够让他相信真有一个守护天使在保护着他。

---

[1] 马基雅维利(Niccolò di Bernardo dei Machiavelli,1469—1527),意大利哲学家、历史学家、政治家和外交官,其政治哲学方面的作品常用来指代"不择手段的权谋之术"。

7

　　山坡正中间有道溪流淌下来，邓巴走的路就和它平行。潺潺的水声像一种白噪音，或多或少帮他掩盖了心中焦急的杂音。他把每一个步伐和每一次呼吸都包裹成独立的关注对象，每次双脚落地时都短暂地停歇一下，再重新上路。上山的路又陡又难以辨析，但他只要迈出下一步就行了，只要有那个不松懈的向前的动力就行了，而这一点不正是他成年之后所有生活的写照吗？他一向都是勉力朝未来伸展的。他把生意带到新的大陆上，把新的技术带到他的生意里，这往往不是他对技术本身有多了解，或是他自己有多爱用，而是它们都散发着新玩意儿好闻的气息。虽然他顽固的脾性还在推着他前行，但他现在的信心太脆弱了，只能把探看的目光集中在眼前的一小片土地上，就如同黑夜已然降临，引导他的只有一盏灯笼，在他脚前几码处洒下一小池淡淡的光。

随着溪水四溅的声音越来越近，他准许自己抬头，看到小路马上会和溪流汇合，有一排方石可以充作临时的小桥。他又低下头，只顾向前，但他发觉自己现在心无旁骛地把视野缩得越小，其中显露出的内容就越复杂。路边的灰石上覆盖着白色和亮绿色的地衣，而积水的缝隙和孔穴中生长着小簇丝绒般的深色苔藓。小路的碎石上看得到几丝铁锈红，片刻间还有水晶般的光彩。就像沙滩上的孩子一般，他想捡起那块光滑的暗色石头——上面环绕着矿物质的白色纹理，但他知道就算自己捡起来了，旁边也没有人看他展示他的宝贝。

等他走到了溪上，觉得只往下看已经不足以保护自己，向下的目光似乎只会把他拽入细节的漩涡中，那是一个他不需要显微镜就能想象的微观世界，每一小块地衣都是一片色彩诡异的孢子森林，石头是坚硬的星球，树干从中立起。胡思乱想让邓巴重新警觉起来，他决定在溪流中停下，抵御两方面的冲击：一面是脚下要吞噬他的万象之态；另一面，本来以为更艰巨的，就是要面对自己在这片空旷荒野中的孤立和渺小。

他站在方石之上，朝着下游的方向，看着晶莹的溪水漫过灰石，滚入不远处冒着泡沫的小潭。他想象这样的水正流过他慌乱的心，替他冲刷那些眼看就要控制他的困惑与恐惧。溪流一路下山，像把山坡切开一般。顿时，他觉得后背也有把手术刀，正在往下把他的躯干一分为二。他赶紧把注意力转向那一片宁静的梅尔沃特，但他和皮特道别的停车场现在看起来这么遥远，仿佛一股丧亲之痛袭来，又让他忙不迭地想要回避。最后他终于敢抬头了，薄薄的碎云笼在头顶，再高一些，满是天光和冷漠的蓝。湖两侧的山峦，对着他身后的山口收拢，于是那些云也好像会聚着朝他飞速涌来，让他感觉自己被钉在了一个水平 V 字形的交会点上。除了这个叫人心怵的幻觉，他还有一些散乱的愧疚感，就仿佛这些碎云本是一只无比珍贵的青花瓷花瓶，交由他保管，结果被他愚蠢地摔碎了。在主人回来之前，他不管怎样都必须把它拼回去。

"请不要让我发疯。"他喃喃道。迟疑片刻之后，他又想掩盖自己的第二重困惑：刚刚他是让谁对自己网开一面？他朝溪流格外恭敬地鞠了一躬，希望自己这具有讽刺意味的礼仪能带来一些纾解，但他的需求太急迫了，开不得玩笑。

"求你，求你，求你了，不要让我发疯。"他求饶道，再也不带一点戏谑的口吻。他进一步承诺以后再也不会如此轻佻，只求这种感觉能放过自己。

他绝望地转过身，努力不让自己失去平衡，想大致看一下离山口还需攀登多久。转身过程中一直在喃喃念着"求你，求你，求你"，他希望自己的乞求能如溪水般流畅，也和溪水一样流向一个更广阔、更平静的地方。

他站的这一小块山坡已经在阴影之中了。山口虽然还有阳光，但被积雪覆盖。太阳西沉，有些云朵已经染上了暮色，日光从高处冲入靠近地面的污浊空气，同时也在从光谱的蓝色往红色一端移动。日落不过就是这样：一场尘与土的狂喜。或许他的孙辈会永远活在一片红色的天空之下，就像被割了喉咙之后倒挂起来的牲畜，那是死去的大自然用血注满的苍穹。

"尘与土！"邓巴吼道，庆幸终于找到一个自身之外的谴责对象，尽管这样的谴责也持续不了多久。

踏过溪涧之后，邓巴加快了脚步，就如同高速运动真能剥离那些可怕的想法似的。这个自以为是的幻念很快就消散了，只让他认识到了自己的衰朽，然后，这种衰朽之感又被另一种意象取代。那是一个着了火的人想靠奔跑来灭火，结果只是让自己燃烧得更为剧烈了一些。不管怎样，他不愿放弃，即使病态的想象不遗余力地想要击溃自己，他也不能放弃。天黑之前，他一定要翻过山口，勘察一下对面山谷的样子，大致判断哪里有遮风避雨之所可以过夜。光在消逝，温度在跌落，但不管他心里是什么感受，腿脚必须往上爬，否则他会死，他真的会死——这回不再是他以为自己要死，然后鲍勃医生做些检查，证明并没有什么致命的疾患正在作怪（可能医生还会赞叹一下他的体格，或者加一颗药丸到他的药片盒里）。

想到鲍勃医生，邓巴不得不停下来，他怕如此急切的登攀加上如此让人窒息的愤恨，会让自己的心脏无法承受。一面是自己的女儿、自己的血肉，一面是雇来照料自己的血与肉的人，居然勾结了起来。背叛对于邓巴来说尤为难以接受，因为在他令人惊叹的上升过程中，忠诚一直是他的标签之一。这一点上他很像拿破仑，后者也是让自己的军士成为元帅，让他们的名字在凯旋门上闪耀。邓巴最初继承的那家温尼伯[1]广告人也不过是在地方上小

---

[1] Winnipeg，加拿大第八大城市，马尼托巴省的省会，位于加拿大中南部，靠近美加国境线。

有实力，而他就带着威尔逊和原始团队的那点人，在全球所有值得争取的地域都获得了无可匹敌的政治影响力。正是这样的力量，被他的女儿和医生偷走了。他们是他血与肉中的病灶。除非在溪流中打开动脉，让疾病随鲜血流出，他如何能治好自己？他感受到大衣口袋里瑞士军刀厚重的金属分量，想象自己跪在溪流中，一缕缕的鲜血扭曲着随清澈的水往山下奔去。日落时，动物被屠戮。想法与意象在碰撞，凯瑟琳就死在一场碰撞之中。真实的过往与他适才凭空的想象有种诡谲的平等：他们都是想要争夺他心智控制权的想法和意象。倒不是像凯瑟琳之死这样的过往显得不真实了，而是他的每一个想法都感觉那么真。可能这就是为什么宇宙在膨胀，因为想法都是真实的，人越来越多，想法越来越多，一点一滴把包裹宇宙的膜往外推。

"求你了，求你了，求你了，"他抽泣道，"不要再给我大的想法，求你了。"

他想跪倒，像一个祷告的人，把屈辱用谦卑抵消。但他还有一个更强烈的冲动，就是继续向前，离开他此刻站立的地方，这里环绕着他可怕的心绪。要是他跪倒，一定更加难以自拔，所以邓巴又出发了。高处雪坡上隔一段时间会有几束阳光洒下来，他就时不时抬头看太阳在什么位置。此时光亮已很接近山巅了，很快就将越过这整片大地。

一个为竞争对手效力的记者曾对他有过一个评判，此刻被他想了起来，就像炸弹碎片留下的伤口重生一般，在他眉心搏动。很多号称要概括他职业生涯的评判都很愚蠢，这就是其中之一，甚至语言本身就没什么才华，只是偏颇得叫人印象深刻：低息借债，低贱格调。太不准确、太不写实了。勤奋和忠诚怎么不提？更不用说还有勇气、魄力和酷。怎么在他最需要恭维和宽慰的时候，人都跑光了？他知道头上顶着一个空洞赞美的光轮是怎么回事，但现在，连皮特都已离他而去。他到梅豆米德之后很快就习惯了皮特帮他分心，逗他开心，给他关心。他是皮特的听众，皮特也是他的听众，不过两个人都不能算传统意义上完全在听，因为他们从来都无法真正摆平自己内心的想法和感受。但知道有一个人在总是好的——一个除我之外的人，仅此而已；可能就像大家说的，人际关系总是必要的。到了这山上，活的东西都不多，要建立人际关系就更难了。暮色渐浓，连乌鸦都聪明得不会飞这么高，而当地有种毛色深而质地粗糙的绵羊叫"赫德威克"——皮特因为是梅豆米德的常客，对这种羊很熟悉，常形容它"数量过多，数不胜数"——但就连这种以吃苦耐劳著称的生物也退缩了，只留邓巴孤零零地朝山口艰难前行，脚下是嚓嚓的踏雪声。

　　山势突然变得平坦，邓巴停了下来，他被一个出其不意的景象攫住了。最后一段上坡路的前方是一个圆形的小湖，原来山溪的源头就在这里。在路的左手边，与湖水隔着一段美不胜收的湖滩，上面覆着一层积雪，让人不自觉地想过去歇息、冥想。大部分湖面是薄薄的乳浊色的冰，只有与溪水接通的湖口是深暗而流动的。湖对岸带着弧度猝然立起一个陡坡，就像湖的眉眼上方做了一个高耸的发型。邓巴觉得这种美穿透了他，几乎美过了头，就像是舞台和剧本都已备妥，只等待一场华美的赴死，而方圆几英里之内并无他人，主角只能是他自己。他赶忙往前走，脚下山石因为下了雪而容易打滑，他不敢走得太急，但还是尽可能地加快了脚步，这种迷信就像一个孕妇意识到自己走在墓园的围墙边时会画个十字。这条路绕着小湖接上了已经全然没入阴影的山口，只有远处的山巅会时不时亮起，就像是被泼到了些金色的冷光。

任何景致，不管再如何动人，都被他阴森的想法和恒久的恐惧所污染。再也找不到别的解释了，这都是对他的惩罚，惩罚他的背叛。他对女儿和医生感到怒不可遏的时候，怎么不想想自己呢？对于钟爱的妻子，他是不忠的丈夫：在生意比较集中的所有办公地，他都养着情人；如果要怂恿一个女子踏入禁区，他还会谎报自己的婚姻状况。对弗洛伦斯，只因为女儿有自己的想法，他就满心怨愤，剥夺她的继承权，惩罚她，不认她这个女儿。他的罪行比梅根和阿比盖尔严重多了，更不用提鲍勃医生。邓巴背叛了自己最爱的人，而他的女儿应该有一项道义上的优势，那就是她们恨他，而说到鲍勃医生，这人不过是一个发现了机会的投机分子罢了。若是换了别的语境，比如到了太阳谷的金融峰会[1]上，或者是和某财政部部长对谈，他甚至可能把他们的所作所为称作"实干"或"进取"。这个嗔恨的父亲和愤慨的病人，其实最懂得背叛的扭曲和复杂。此时，他被命运这个公正的判官提到这块用于献祭仪式的石壁与冰面之前，不需要插着羽毛的祭司从他

---

[1] 自 1983 年起，每年 7 月在爱达荷州的太阳谷举办，为期一周，全球众多传媒、科技、金融巨头都会前往，探讨合作。

的胸膛里掏出那颗奸诈的心，愧疚和悲痛的压强已足以把它炸开了。

他因为恐惧而反胃，迫不及待要远离这片邪恶的湖。邓巴蹒跚踏入这段山口前最后的上坡路。上次降雪之后没人走过这条山道，他根本不知道随风而动的积雪之下，原本的道路藏在哪里。他能做的只是朝着山口直线前进，寄希望于每踏下一步，积雪都足够厚实，能抵挡那些藏于其下的尖利的石块和突然的坑陷。虽然他事先已经将裤脚塞进了靴子里，但冰水还是巧妙地钻过脚踝处的松紧带，死命爬上了他的裤管。等他爬上山口，膝盖以下已经冻僵，而上半身则大汗淋漓，心跳得十分激烈，耳朵里响着血液奔腾的轰鸣声。

碗状的山谷在他眼前打开，邓巴感受到这其中的空旷。干砌石墙浅浅地交错着，但没有树，没有湖，一切都暴露在天空下。纳丁在哪儿？去纳丁的路标在哪儿？周围开始真真正正地黑下来了，虽然积雪依然保有一种诡异的清光。这最后的亮光并不能让他安心几分，因为要从中获益，唯一的办法是被它冻死。他回身最后看了一眼自己花了一天艰难穿越的山谷，之前想从中逃脱是为了安全，但现在回头去看那个村庄和林中的停车场，感觉像是他把安全抛在了身后。之前，还没走到这么高的时候，他跨在溪上见到的被染了色的碎云不见了，取而代之的是一团蓄满了雨、雪、雹的黑云。它们目前还在湖的另一边，大致位于国王头盔酒店的上方，但它们会追上来的，会把冰冷的杀意泼在他可怜的衰老的头顶。向回走和向前去一样，毫无益处，只有栖身之所才有意义。但他望去，眼前没有栖身之所。

8

　　若不是今天的状况，国王头盔酒店的客房一定会让梅根很心醉的。那床边的四根帷柱，窗玻璃上的铅条花式，还有墙上滚滚而下的小玫瑰花。残暴之人通常很欣赏自己多愁善感的一面，梅根正是如此：狗和马侥幸未得她的垂青，湖区姑娘的装扮她也毫无感觉，但她抵御不了英国乡间别墅改建成的酒店。国王头盔酒店是她心中返璞归真的天堂，连壁炉里放的那张恳请客人不要生火的卡片都那么美好。而且，妙就妙在，不但这壁炉只是摆设，整座房子也从来不是什么乡间别墅。多愁善感给了梅根的一个假期，让她可以暂时不用听命于性格里剩下的严苛的部分，任由自己踢掉鞋子，扭动脚趾，找个幼稚的电视节目，就像个普通人一样——她想象中的普通人，一大片大同小异的混沌无趣，远在她自己那个恶毒而刺激世界的城墙之外。

在这个严寒的周一清晨，雨点拍打在嵌了铅条的窗玻璃上，空壁炉里全是风在冲撞、呼啸，而父亲依然无影无踪，这一切实在让她恼火。在重新将他投入奥地利一家更安全的机构之前，这温馨的英伦氛围她片刻也享受不了。显然，奥地利的群山就让人信服多了，全是嶙峋的山峰和冰冻的山坳，不像这里低矮、勾连、驼背的山——如同一窝睡着了的幼犬，事实证明——就是供人逃跑的。梅根觉得自己好不容易挣得的享受被人骗走了，决心用自励想象的技巧实现想要的结果：爸爸被鲍勃医生用了镇静剂，只会在旁边傻傻地欣赏她；面包是用心烤制的，她把黄油和草莓酱抹在那坑坑洼洼的"月球表面"；未被尘世污染的湖区姑娘手忙脚乱、争先恐后地给她添凝脂奶沫和手指三明治，梅根感谢的目光让她们奶油加草莓酱色的脸孔红得不可收拾，她们也能感知她想要什么，但因为过于单纯，不敢确定。这真是太不公平了！那个自私的老头儿把一切都毁了！梅根睁开眼睛，腾地从椅子里坐起来：此时太过动气是要坏事的。男欢女爱这方面，鲍勃医生好像在罢工，而据她所知，这家酒店的员工只有两个百无聊赖的波兰裔服务员、一个澳大利亚调酒师、一个留着银灰色短发的体面女记账员，和她方才自励想象出来的"乌龙女校"[1]外加布歇[2]的场

---

[1] 指英国喜剧电影《乌龙女校》(*St Trinian's*)，最初是 20 世纪四五十年代的漫画作品，后来改编成一系列电影，核心都是围绕几位严厉的教师和一群不服管教的女学生之间发生的故事。

[2] 弗朗索瓦·布歇 (François Boucher，1703—1770)，法国洛可可风格代表画家，他的神话、田园主题作品中常常会加入情欲暗流的个人风格。

面还是不尽相仿的。

男人的问题就在于他们没有几个能达到她的要求，而能始终保持在那个水准的更是压根儿没有。她喜欢男人能完全掌控局面。当然所谓的"局面"，在更广泛的意义上，就是成为她的奴隶，而且这个奴隶的职责是帮助主人顺利完成她最喜欢扮演的角色——不知所措的新手。这种新手会一边技艺高超地用手、用腿、用嘴裹住对方，然后忐忑地抬头问道："我这样对不对？"她喜欢一边轻声说着"这是我的第一次"，一边紧张地夹紧双腿，尽管这场景她已经演练过一千遍了。如果能找到时机，她会皱眉、蹙眼、倒抽气、咬嘴唇，就好比她被面前强壮、粗鲁的侵犯者弄疼了，但又不敢抗议。那些就此停下来问有没有事的男人是最要被踹走的，而在第一周的反复破处和伪装入门指导中如鱼得水的男子，会接着被领进梅根爱与痛完全颠倒的地牢。在她看来，"痛"就是用来钉住"爱"这种纸币汇率的金价。痛往往是可以测量的，而爱甚至经常不能被定位。一种未见得比谣言强出多少的东西，为什么不用实在的体验慢慢将它取代？为什么不把一种稍纵即逝的、时刻想要反转自己的感情换成一种可以重复的刺激？

等到她能抽得出时间来，会把一个地方从地球上抹掉，这个地方就是梅豆米德。哈里斯医生和最后看到邓巴的那个可笑的护士，他们的愧疚程度还远远无法满足她和阿比；当然歉是道过了，但他们似乎并未表现出足以填满马里亚纳海沟的悔恨，而且，姐妹俩也没觉得找到邓巴后他们会顺理成章地自杀谢罪。实际上，两位女儿愤怒的三板斧砍过之后，哈里斯医生开始说些"我们办的不是监狱"之类的话，而且指出，鲍勃医生和他在汉普斯特德的同事谎报了邓巴的身体状况。换句话说，他开始有些不服帖了。昨天下午，她就坐在这医生的办公室，看着他桌上的镇纸，想象着用它敲破这个自以为是的英国佬的脑袋——就像电影里他们正式要杀人时会说的，带着些"极端的偏见"。这时那个脚踝臃肿的护士也插话进来，说没有必要给他们"宣读《取缔闹事法》"[1]，他们都清楚事态的严重性，而且已经抓回两个和邓巴一起逃跑的病人，还从其中一个不太昏聩的病人那里了解到邓巴想搭顺风车去科克茅斯。护士要他们放心，说疗养院已经派两个工作人员去了科克茅斯，当地警方正密切关注进程，也很明白应该谨慎、低调行事。只是爸爸搭顺风车这个画面太不真实，梅根要求见一下这位证人，结果进来的是喜剧演员皮特·沃克，他对自己的难处毫不掩饰。

"我有很严重的酗酒问题，"他一进哈里斯医生的办公室就哭得惨不忍闻，"那就是我把酒给喝光啦！"他拍着大腿，笑得气都接不上，"还是经典的最好笑。"

梅根和阿比坚持要带皮特在疗养院周围散散步，好让他尽情说一说和邓巴一起经历的"奇妙"旅程。然后她们做了件淘气的事情，就是以酒为诱饵把皮特带回了国王头盔酒店，想以此控制他，弄清楚究竟发生了什么。皮特声称他是在普朗戴尔大街的街角和邓巴分了手，又加了个巧妙的细节，说他**觉得**自己好像看见

---

[1] 英文中"宣读《取缔闹事法》"是固定表达，有一个意思是：（尤指对孩子）提出严重警告。

邓巴进了一辆银色的沃克斯豪尔－雅特车。他们领着皮特到那个地方时，天开始暗下来，本在远处叫嚣的暴风雨滚滚而来。回到酒店，仲冬的周日夜晚居然还有不少空房间，梅根他们自己要了其中最好的三间，又要了四间标准间，给两个保镖、一个司机和皮特。梅豆米德打来电话、发来信息，问知不知道皮特在哪里，她们未予理睬。

吃饭的时候，皮特想喝多少威士忌，她们就点多少，还从鲍勃医生的药箱里拿了一管药剂给他。要是他知道这一管药剂是什么，或者有得选，他绝对不会想喝的。虽然皮特不知道药剂里有解除抑制的效果，但为了应付这种效果，他的酒确实越喝越快了，而且他一旦变得焦虑，就会更迫不及待地想取悦别人。

"那些懂的人，"他说道，有意无意地模仿起杰克·尼科尔森[1] 的腔调，"都懂你父亲是**最了不起的**——你懂说什么吗？"

"不太懂。"阿比烦躁地说。

"既然他是**最了不起的**，"鲍勃医生打断了阿比的敌意，通情达理地微笑道，"那我们最好快弄清楚他人在哪里。要是他没有躲过这场暴风雨，可能此刻正苦不堪言呢，这是我们谁都不想看到的。你懂**我**在说什么吗？"

"我懂。"皮特含混地应道，不再那么确定邓巴的女儿会比暴风雨更可怕。一想到因为自己，他的这位朋友此时性命堪忧，他

---

[1]　杰克·尼科尔森（Jack Nicholson, 1937—），美国著名男演员、导演、制片人和编剧，扮演过许许多多极具挑战性的角色，其中包括大量偏执甚至神经质之类有精神类病症的角色。

就心慌意乱。

"要是你不确定自己是否看见他上了那辆银色的汽车，"鲍勃医生已经尽量温暖、体贴，谁要是还嫌不够就有些不讲道理了，"要是你还有别的想法，觉得他可能在别的地方，我真的很想知道，那样我们就可以赶过去确保他的安全了。"

"我真的感觉有些奇怪，"皮特此时的直白他们都没见过，"我现在说话的方式就像是……"

"你自己。"鲍勃医生帮他把这句话补完了，同时发出一声心有戚戚焉的大笑，"要说到奇怪，你才是**最了不起的**。"

"我是……我是最了不起的。"皮特局促地接受了这份赞誉。

"你要来片安定吗？"鲍勃医生问。

"啊，要的要的要的，"皮特说，"我真的很想来一片安定。"

"是吗，立马就可以给你一片，我可是个医生！"鲍勃医生说，"我知道你晚上需要好好睡一觉，那种'把忧虑的乱丝编织起来的睡眠'[1]。"

"啊，我**需要**解开那些打结的乱丝，"皮特说，"真的需要。"

"你的意思我明白，"鲍勃医三说，拎起凳脚边的药箱，"我会把你需要的东西给你，要是你能想到其他可能找到亨利的地方，说一声就行。"

"纳丁。"皮特嘟囔了一句。

---

[1] 语出《麦克白》，朱生豪译。麦克白杀死睡梦中的国王之后觉得也永远地谋杀了自己的睡眠。

"要是'什么也想不到'[1]，那片安定你也别想了。"阿比愤怒地说。

"我觉得他说的不是那个意思，"鲍勃医生用一种精心营造的心平气和修复阿比对皮特造成的伤害，"那是个地方，对不对？"

"对，"皮特说，"纳、丁。"

鲍勃医生倒真是显了回本事，皮特完全被他摆弄在掌心。梅根看着医生施展才华的样子，心里有种接近于佩服的情绪——严格地说，这种情绪她是不具备的，总觉得像是走投无路之人的走投无路之举，类似卖血给血库，像她这样养尊处优的人是不大会去干的——只是在这样朦胧的、似佩服非佩服的时刻，她最讨厌跟其他人分享鲍勃医生。她和阿比自小情谊深笃，也从来一致对外，不管是在寄宿学校合伙欺负别的女生，还是筹谋股东大会上该如何投票。但是现在，她想把鲍勃医生据为己有。她才是寡妇啊！阿比的婚姻虽然完全是场闹剧，可她现在根本没有嫁人的资格。真快要被阿比气疯的时候，她也想到过向鲍勃医生求婚，但说到底，她还不想就这样背弃这么多年的姐妹同心。早年间，她们无可争议的一个经典之作——她至今感叹她们俩在那个岁数就有那样的**执行力**——是对付寄宿学校里一个年纪稍长一些的姑娘，据说她在暑假里打掉了一个孩子。她和阿比真是加班加点地布置，确保那位失望的母亲回到宿舍的时候会看到房间里塞满了母婴用品：一张挂着风铃的精美旧式婴儿床、成堆的尿布、昂贵的乳液、

---

[1] 英文中"纳丁"（Nutting）和"什么都没有"（Nothing）发音相近。

吸奶器、好几摞可爱的宝宝卫衣、织工极为精巧的毛衫，还有五花八门的布绒玩具从一个抱枕后面露出来，或者在架子边缘悬垂着腿。她们简直是把斯劳[1]那家母婴宝的分店买空了。这次恶作剧带来的快感很短暂，那姑娘太过敏感，真是自找的痛苦，居然当场精神失控，被马上送回家后就再也没有出现过。第二天开大会，女校长承诺要对"这起让人震惊的残忍行径"追查到底。等她稍加"追查"，发现"底"上是邓巴姐妹时，校长居然出乎意料地遭到了攻击。阿比盖尔说，她们从小受到庇护，像堕胎这样的事真是闻所未闻；没错，她们听说某位年长一些的姑娘怀孕了，理所当然以为看到那些礼物她会开心的。或许是她们幼稚，但既然学校把她们天真的幻象砸了个粉碎，一旦媒体知道这件事，以后大家都会把这里叫作"引产营"，那多让人遗憾。姐妹俩先后当了学生代表，她们令人难忘的统治没有被弗洛伦斯打扰，这个最小的"妹妹"被她那个心疼女儿的母亲送到曼哈顿一所没什么意思的走读学校去了。

　　见证过少女时代如此冷血的高超手段，梅根简直无法理解，阿比为何在昨晚成了一个有心无力的恶霸。不过她的确努力在弥补，大半夜派了两个人冲进了暴风雨中。其中一个是凯文，他们安全团队的负责人，还有赫苏斯[2]（他喜欢大家叫他 J），一个英俊的新保镖。他之前是"绿贝雷帽"[3]的，似乎光用眼神就能拧断你

---

[1]　Slough，英国小镇，距离伦敦约三十千米。

[2]　赫苏斯即 Jesus，字形和英文中"耶稣"相同，此处应是西班牙语名字。

[3]　美国特种部队。

的脖子。他们赶到纳丁时，凯文报告：这里连个"地方"都不算，只有四间农舍、一个仓房和一个嵌在墙里的红色邮箱。他说没发现邓巴的踪迹，等天亮后，他们会沿着普朗戴尔和纳丁之间的小路反方向找回来。如果皮特说得没错，邓巴应该就是从那条路过去的。已经天亮三个小时了，所有人都在等消息。

糟糕的天气意味着他们不能使用直升机。梅根在酒店迎宾区看到了志愿组织"梅尔沃特山地救援协会"的小册子，但此事不能声张，自然也就不能考虑这一帮人了。如果有直升机，他们一定能逮住邓巴，如果还装了热成像仪那就更不在话下了。她之前用直升机打过猎——阿拉伯半岛的瞪羚、新西兰的野牛、得克萨斯的野猪——有些爱铺排场面的人总要硬拉她去，保证一定特别好玩儿，但说实话，戴着耳机和护目镜，被关在那个摇摇晃晃、哆哆嗦嗦的空中机械里，真是无聊透顶。而且，他们每分钟都会把成百上千的空弹壳吐到底下的原始村庄之中，让她觉得自己是在公共场所乱倒垃圾。那些动物也没劲极了。面对飞来金属发出的轰鸣声，它们会拔腿飞奔，似乎觉得自己掌握了出神入化的逃命技术，但从制高点俯瞰，它们不过是在用慢动作实施一些错误的决定。小野猪永远都会忠诚地跑在母亲后面，所以你一旦射死或射伤了母亲，大家一致认为好心的人应该把孩子也了结了。于是，你要把飞机兜转回来，再俯冲一次，而且始终要咧嘴笑着，好像一辈子没干过这么好玩儿的事。

敲门声打断了梅根的回忆。

"谁呀？"

"我，"阿比说，"开门。"

阿比已经穿好牛仔裤、厚套衫和靴子。她没等梅根让开，径直走进房间，汇报起了最新进展。

"是这样，两个小伙子刚打来电话，说他们正在大湖上方的一个小湖边上——反正我听着他们是这么说的，即使他们那部什么卫星电话高级货在这样的天气里也挺吃力——不管如何，他们没找到任何线索，山上雪下得大，就算有足迹也被盖住了。我让他们从这一侧下山，和我们在那个停车场碰头。皮特说他和爸爸也是在那里分手的，我觉得可以把他带过去，帮他恢复一下记忆。"

"要是他一直在骗我们……"梅根说，不太确定该如何描述脑子里的一些想法。

"我明白，"阿比说，"不过还没到那一步。我已经给他送去了一份香槟早餐，他就不会着急要带着宿醉回梅豆米德了。"

"真贴心。"梅根说。

"后面我还给他备好了一份大礼。"

"什么大礼？"

"你到时看。"阿比说。

两人说好尽快在楼下碰头。阿比之前已经关照过鲍勃医生要管好皮特。

梅根很高兴她的姐姐又回来了：一个敏锐、果断、顽皮的阿比，一个懂得如何找乐子的女人，而不是最近几周这个脾气急躁、行事不力，而且还有些浮夸的阿比。从爸爸手里接过生意，两个人都有些紧张是自然的，但如果不把它弄得好玩儿一些，那费这么多事又意义何在？

　　因为离停车场只有两三英里的车程，阿比告诉乔治她来开车。其实是因为乔治是个老臣，她们还没来得及清理（要做的事太多了！）。他不停地在关心"邓巴先生怎么样了"，问得姐妹俩要发疯了。

　　"可是要把人都接回来的话，还需要一辆车啊。"乔治说。

　　"没事，我们会有办法的。"阿比说，砰地关上车门，"只要不用跟你坐在一辆车里，让他们多走几步也没关系。"她咬紧牙关低声说道。

　　"再见。"梅根隔着车窗与那个风雪中莫名其妙的司机挥手道别。

　　"说起来，那家伙至少今天早上还是办了件好事的。"阿比朝后视镜里的皮特微笑着说道。

　　"什么好事？"皮特问。

　　"他帮我们买了一箱威士忌。"

　　"一箱？一整箱吗？"皮特说，"我何德何能，如何就这样受到命运的眷顾？"

　　"你跟我们说了去哪里找爸爸，不是吗？"

　　"你们找到了吗？"皮特问，"找到你们的爸爸了？"

　　"还没有，"阿比说，"我们现在就去你们两个分手的那个停车场，你就可以用你不可思议的回想、模仿功力重现当时的场景了。"

　　"我不是都告诉你们了吗？当时……"

　　"到了之后再演示给我们看吧。"阿比打断他。

　　他们很快转出湖畔小路，进了那个废弃的停车场。

"我觉得我的焦虑症上来了，"皮特对鲍勃医生说，"能再给我一片安定吗？"

"恐怕不合适，"鲍勃医生说，"苯二氮䓬类药物很容易上瘾的。"

"好啦好啦，我承认自己是个瘾君子！现在能给我一粒了吗？要是一个人焦虑症发作的时候吃安定还不合适，什么时候合适？"

"看到他们了，"鲍勃医生跟阿比说，"就在问询处边上那个躲雨篷下面。"

"看到谁了？"皮特问。

阿比在那个雨篷边上停了下来。

"这才叫合适，"她说，"'问询处'，皮特，我们要'问'你要些准确的信息。"

"但我已经把知道的都告诉你们了啊。"

"下车。"

"怎么能下车呢？不是，你看看这天气呀，树都在横着飞啊。估计待会儿就能碰到什么极端天气频道来这里拍片子……"

"该死的给我下车！"阿比吼道，"我父亲还生死未卜，可能关键就在你忘记告诉我们的某个细节上。快！下去！"

皮特手忙脚乱下了车，整个人几乎被风撂倒。

"小心了，皮特。"凯文说着搂住皮特的肩膀，领着他到了雨篷下面。"把威士忌拿来。"他跟赫苏斯说。

"啊，我才明白，"皮特说，"我们是来饮酒作乐的！为什么要留在那个舒服到让人抑郁的酒店·坐在'湖景厅'里慢慢喝着小杯的鸡尾酒呢？我们明明可以在这不足零摄氏度的公共停车场往自己喉咙里灌苏格兰鸡尾酒的。你这小伙子真是懂我的心思。"

"坐下，皮特，"凯文说，"歇歇脚。我倒是真的需要休息休息，也难怪，凌晨三点就起来去找我老板的爸爸，两个小时之前我还在齐腰深的雪里，眼前屁都看不见。你知道我当时在想什么吗？我就想，要是皮特误导了我们，我一定要把他钉上十字架！"

"可我没误导你们呀，"皮特说，"我保证。"

"抓住他的手，J。"凯文说。

皮特的臂膀被赫苏斯扭到椅背之后，压得动弹不得。凯文拧开两瓶威士忌的瓶盖，把它们慢慢倒在皮特头上。头发湿透了，酒从脸上淌下来，浸湿了衬衫和外套领口。倒完之后，凯文把空瓶子放了回去，又拿出两瓶。

"这叫什么花样，小伙子？"美军上校皮特问道，他为了第二回倒酒时能多吮到几口，一脸的扭曲，"'威士忌封闭'吗？它应该作为犯人的基本权益被写进《日内瓦公约》。"皮特看没人睬他，又把身份换成了不满的顾客，"年轻人，我不知道你接受了多久的调酒师培训，但我可以给你介绍一个核心概念：你需要一个酒杯或者任何形式的容器，比如一个鸡尾酒调酒器、一个椰子壳，或者根据你的情况，可以是两片缝起来的大树叶，就用你们肩膀中枪、吸出子弹之后用来缝合的针线……"

凯文还是无动于衷地一瓶接着一瓶把威士忌倒在皮特身上，阿比、梅根和鲍勃医生在躲雨篷周围站好。

皮特又变身了，成了一个大舌头的西班牙裔发型师："朋友们，我坦白说吧，这种鸡尾酒喝法流行不起来的，太费钱了，而且喝到后面衣服都给糟蹋了！"

"给我闭嘴，"凯文说，"除非有什么话可以帮我们找到邓巴先生，否则你要是再敢说一个字……"

"可是我已经全讲了啊。"皮特说着哭了起来。

"你知道这是什么吗？"阿比说着举起一把银色的小手枪，她对着自己的太阳穴扣动扳机，枪口喷出凶猛的一小团火焰，"这叫飓风打火机，就是为这种天气设计的。"

"差点漏了裤子。"凯文说着又泼了不少威士忌在皮特的裤裆、大腿和膝盖上。

"不要，"皮特说，"不要，不要，不要，不要，求你们了。"

阿比在长椅上皮特身边的位置坐下，不停地点火、熄火，就像紧张时的下意识动作。

"所以你昨天和我父亲就在这里分开。"她说。

"就是我之前跟你说的，"皮特好像呼吸有些困难，"我们就在那儿分开的……那棵大树下面……我们握了手……我跟他说山口那里有积雪的……你们真的要相信我啊！"

阿比被那个熊熊的圆锥形火焰迷住了，没有听到皮特说了什么。她把打火机移到皮特脸侧。

"我发誓我说的都是真的。"皮特哭着说道。

"被审问的人我见过很多，"凯文说，"这个说的是实话。"

阿比熄了火，拿滚烫的枪管插进皮特被威士忌浸湿的头发。

"好疼！"皮特尖叫，"你烫伤我了！你父亲说得没错，你就是一个禽兽，禽兽！"

"是吗？"阿比说，"他真是这么说的？"她平静地把手枪移到皮特肚脐的高度，把他衬衫的一角点燃了。

"这真的有必要吗？"鲍勃医生疲惫地说道，"他今天说的是实话，昨天说的也是实话，因为他心里早就打算这么做了。"

精美的蓝色火焰慢慢在皮特的衬衫和裤子上散播开，他尖叫起来。

"他得懂些礼貌，"阿比说，"谁也不能叫我禽兽。"

"那是他在引用，我们得先去找他引用的那个人。最晚周三之前一定得找到，之后我们就要回纽约了。把他放开吧，否则我们还得送他去医院。"

阿比点头准许，J放开了皮特。他疯狂地拍打自己的胸口和胯部，想要灭火。他从躲雨篷下跑出来，很快大风大雨就把火给扑灭了，但他头脑中似乎有根弦已经绷断，一路胡言乱语尖叫着往湖边跑。

"真是个戏精。"阿比说。

"这跟汽油完全不一样，"J说，"刚刚的状况高级的法国餐厅里就很容易发生。"

"橙香火焰可丽饼 [1] 的附带伤害。"鲍勃医生说。

"正是如此，先生。"J说。

"快看，他真的在冒烟，"梅根说，"我得拍张照。"

---

[1] Crêpe Suzette，一种用热的橘子黄油甜汁做调味品的薄饼卷，端上桌时浇烈酒并点燃。

"我建议您不要拍照，夫人。" J 很恭敬地说。

"有道理，"梅根说着，握住 J 满是文身和肌肉的小臂，"我有些高兴过头了。"

她们看着皮特蹚进湖水中，仰头朝天空骂着连不成意思的话。蹚出几步，脚下石头松动，皮特一个趔趄跌进水中。这下阿比和梅根实在忍不住了。她们的笑声互相传染，笑到前仰后合，唯有抱成一团才能保持平衡。

"我总算明白为什么大家会觉得他好笑了。"梅根说着，为在冰水中挣扎的皮特鼓起掌来。

"我实在不愿意坏你们的兴致，"鲍勃医生看完手机抬头道，"不过，我刚收到吉姆·萨奇的一条信息，他说弗洛伦斯马上就会飞到曼彻斯特，还问了他你们在哪儿。"

"不用理会，"阿比立刻行动起来，"吉姆不知道我们在哪儿，他没什么可说的，但我们也不要关照他什么都别说。好吧，我们再去趟纳丁，可以开始打听一下了。你们昨天半夜应该没进那四间屋子吧？"

"没有，我们不想惹人注意。"凯文说。

"我步行前往，夫人，" J 说，"这样，他要是折返回来，我正好可以逮住他。"

"好主意。"阿比说。

"你真是太厉害了。"说着，梅根又把手放回到 J 的手臂上，后者全身散发出的能量让她沉醉。这样的男人除了两件事——干敌人、干女人——其他几乎一无所知，完全是上天的恩赐。

"我只是做好自己的工作，夫人，"J说着把背包甩到肩上，"我们纳丁见。"

"亲爱的，你看啊，"梅根对阿比说，"他在小跑。"

"就像他自己说的，这是他的工作。"

梅根一路注视着J消失在树林中。

"走了，走了。"阿比用手指敲打着方向盘催促道。

梅根爬进后座，和鲍勃医生坐在一起。她回头扫了一眼，看见了皮特。这个人现在显得那么无关紧要，梅根已经完全把他忘了。皮特回到了岸上，瑜伽老师会说他现在用的是婴儿式：双膝跪地，背部弓起，前额抵在交叉的双臂上。

"先后经受了火的洗礼、水的洗礼，"鲍勃医生说，"要是他没获得重生，我都不知道怎样才能重生了。"

"别说了，"梅根抗议道，"说得我都有些羡慕了。"

9

邓巴尽可能偷偷摸摸地翻过了干砌石墙的木台阶，直到伏在墙的另一侧，他才回过头看了看这个叫纳丁的扫兴的小村子，还有他昨晚住了小半夜的仓房。他不确定自己有没有被人发现，但只要他还在这山谷里，就会像窗玻璃上爬过的虫子一样显眼。他本打算天亮之后请当地居民帮他打电话，叫一辆去伦敦的出租车，但他想到要打这次交道就觉得疲惫，怕自己太混乱了，已经无法与人沟通。要是他看上去跟他的思想一样疯狂，恐怕到时坐上的不是出租车，而是救护车、警车。他的这种混乱既是手头的、实际的，也是根本的、内在的，就象在一艘倾斜的沉船上，钢琴滑过甲板，他努力伸长手臂够到琴键，但脑子里本来熟记的曲谱此时只剩下片段。

跟人打交道太难了，邓巴心里或多或少庆幸暂时不用面对这种挑战。他似乎迫切地想与自己的疯狂独处，而这种独处又迫使他越发疯狂。或许过了某个临界点，无序会成为一种新的秩序，或至少成为一种新的视角，就像飞行员好不容易冲出密布的阴云，从目不见物一下子到了对流层之上那静谧的光辉之中。机翼之下是云海，刚才蒙蔽视线的东西此时全在他眼底。没错，邓巴想要的就是这样，这正是他迫不及待想要的。

他着急离开纳丁也是出于无奈，昨晚来过两个人，轻声念出过他的名字。邓巴知道这两个人是来搜捕他的。幸好两捆干草之间有个空隙，让他躲过了他们探查手电的光束。仓房一侧堆着捆好的干草，另一侧养着几头牛，它们的呼吸和体温让空气有些温暖。对着入口停着一台拖拉机，散发着机油、泥土和潮湿金属的味道。他比那两个杀手早到了几个小时。当时他用手电筒都是短促、惊惧地闪一下就关掉，总觉得这光亮更多会引来不必要的注意，帮自己找需要的东西倒在其次。经过这忽明忽暗的调研，他终于发现了拖拉机旁的角落里有一堆空麻袋，而干草堆中间有个空隙很适合当床。外套沾满雨水，变得很重。邓巴将它脱下，给自己盖好干麻袋，再把外套铺在最上层，这样它的分量和温暖的毛皮里子能帮他入睡，衣服外层也能干得更快些。如此条件之下，这可谓是营造居家温馨的一件杰作，但他太饿、太警觉了，不可能睡得很沉。仓房门只是稍微一开，短暂地放大了风雨之声，他就醒了，心怦怦地跳。一开始他听不清他们在说什么，但门再度关上，他们移到仓房中间，正好在他藏身处的下方。干草堆中间有个缝隙，他们的每句话都清晰地传了过来。

"邓巴不会半夜三更去敲陌生人的门，"第一个人说，邓巴觉得自己应该认得出他的声音，"他喜欢坐驾驶座，不喜欢欠别人人情。就算他此刻正躲在其中一间屋子里，正确的处理方式也是明天早上再回来，就说我们'闲逛俱乐部'一个老头儿在暴风雨中走失了，好担心。"

"我爸妈在得克萨斯的农场上也有一个仓房，但和这个完全不一样。"第二个人说。

"真有意思，J，"第一个人说，"我们坐下来吧，然后我好好听你讲讲你爸妈的仓房怎么样？我们今天过来不就为了干这事的吗？是不是啊？"他轻蔑地大笑，"检查一下拖拉机的驾驶座，他可能会在里面睡觉。"

他们在邓巴下方转来转去，看了拖拉机的驾驶座，还掀开了犁和推车上盖着的柏油帆布。

怎么刚刚会想不起来呢？那个英国口音的就是阿比盖尔安全团队的负责人——凯文，对，是叫凯文——特种部队出身的、凶神恶煞的英国佬。所有的保镖都是特种部队出来的，现在这些人要用他们的特殊能力摧毁他的头脑了，就像把空中的泥鸽[1]射得粉碎。这是他们的专长：拖延对方灸身死亡的时间，让他见证自己精神的崩溃。不过他是不会让他们活捉的，或许他可以把最上面的那个干草垛推下去，砸断凯文的脖子。邓巴一定会战斗到最后一刻——只要他还是邓巴。

---

[1] 指练习射击用的泥质盘形飞靶。

"那个肥胖的老家伙是不可能爬到这么个稻草城堡上面去的，"凯文说，"但你还是不妨溜上去瞧一眼，我去查查这些牛肉。"

"这些叫干草捆，那些牛是奶牛。"J还是念念不忘自己的乡村背景。

"哦？真的吗？"凯文说，"这他妈是干吗？皇家农业大学上课吗？我会不认识名种奶牛吗？我每天都替她干活。但现在我可是有机会向一个真正的牛仔请教了，怎么能不好好把握呢？"

J爬上来的时候，干草捆吱呀作响，邓巴担心得身体都僵硬了。他藏身的地方大概在干草堆一半的高度，一下子是看不见的，但找起来并不难。

凯文嫌弃地走近牛群，手电强大的光束捕捉到了它们警惕起来的木讷眼神。大概是感受到了凯文的不怀好意，奶牛开始有些不安，这种不安互相传染，有一两头发出吼叫声，另有几头开始冲撞围栏的铁门，哐哐作响。没过多久，一条狗叫起来，然后是另一条。

就在邓巴听到J爬上干草堆顶的时候，他也听到下方凯文在用气声喊话："快下来——整个农场都要闹翻天了！"

J轻松地几下跳跃就到了地面。"反正上面也什么都没有。"他说。

"我们快滚吧，否则一个叫麦克唐纳的老家伙就要端着猎枪冲进来了。"凯文说。

两个男人钻出了仓房，邓巴只觉得心里一派平静祥和。他好像不记得自己像现在这样高兴过。这几头牛保护了他，外面的狗保护了他，就跟之前刚越过山口时一样。他下到没有积雪的高度之后，周围的山坡在黑暗中一无可以辨认之物。他在雪雹的抽打中蹒跚，不知该往何处去。这时他听见远远的一声犬吠，然后另一条狗也应了一声（就跟刚才一样），再接着是有人在呼唤它们进屋，或是让它们不要再叫了；具体说的什么听不清，但命令中明显是哄劝的口吻，不见得在生气。这一串声音给了他正确的方向，后来他看明白，那亮光是照在这个仓房门前的院子里。刚才又到了危急时刻，动物再次插手。他欣喜地意识到大自然是支持他的，对于他两个女儿的人性沦丧，大自然也义愤填膺，要和邓巴联手惩治她们。

他和大自然之间向来极为亲密，年轻时，他一直将避暑的房子看作自己真正的家。那是在安大略的一片树林之中，旁边的湖至今仍是他的个人财产。到了夏天，他就在那里划独木舟、驾帆船、修树屋、远足、露营，在清凉的湖中游泳时喝上几口清凉的湖水，只觉周遭的花草树木和动物们与他自己联通无碍。岁数和财富让他疏远了这些关系，但当他又被逼到极限，就找回了心底的本能，恢复了一层久远的身份。凯文说他是"肥胖的老家伙"，不可能爬上这干草堆。多么荒谬！他就好端端躺在这里，而那两个迫害者只会在仓房里没头没脑地瞎转。他天生精力过人，向来如此，只要睡足三个小时，就可以正常工作一整天。那个裹在肌肉里的笨蛋根本没弄清他要对付的是什么样的人，他太着迷于自己的体能和好强斗狠了，永远不会知道什么是真正的内在力量。

几分钟之内，邓巴的振奋就上升到最高点，然后又消失得无影无踪。他开始怀疑凯文和他的行凶学徒是否真的离开了，还是就躲在几码之外，望远镜的镜头就对着仓房的大门？那个武器精良的麦克唐纳会不会想确认自己的看门狗和奶牛为何惊扰，此刻正在赶来？他得赶快想个办法出去，否则可能就出不去了。只有大门前的院子有光，要是拖拉机后面那扇高高的移门没锁，而且他有力气打开的话，应该不会被发现。他从草堆上爬下来，捆草的绳子绷得很紧，脚下不知往哪儿踩的时候手指被勒破了。他握住后门把手，使出全身力气一拉，发现门一下就开了，轨道顺滑得把整个人都带了过去。他从打开的门洞钻出，把门关好。虽然天气依然恶劣，但已经不是漆黑一片。邓巴竖起衣领，拉低帽子，立马选定了方向，他要尽量远离自己最后被人看到的地方——如果皮特没有泄密，就是国王头盔酒店，否则的话就是那个停车场。

刚刚上坡并没有什么阻碍，现在他已经在干砌石墙后面藏好，回头看小村庄和那个仓房。此处离山顶只剩三片田地的距离，天已经很亮了，该往哪里走很清楚，但他自己也很容易暴露在敌人的视野中。去纳丁的山路最后有个拐弯，离那个弯两百码的地方停着一辆黑色的路虎，车头正好和他上坡的方向相反，所以除非有人一直从车里通过后窗观察，否则他应该不会被发现。但相比于这里的其他房子和车辆，这辆路虎让邓巴忌惮得多。他在石墙后进退两难之时，路虎的车门打开了，两个男人下车，打开后车门，拿出两个背包甩到肩上，像两名军人一样迅捷地朝梅尔沃特步道的方向进发。邓巴看不清他们的脸，但很确信就是开始狩猎的凯文和J。

他背靠石墙蹲下，惊骇于刚才差那么一点点就被逮住了。现在，他只能等那两人过了山口再行动，否则他们随时转过身来都可以看到山谷另一侧的自己。他剧烈的心跳是因为恐慌，明白他们如果早一分钟从车里出来，就可能抬头看见他正从木台阶上翻过石墙。之前那次逃过一劫，让他满是感激，一心认定命运的安排和大自然的好意；但这第二份好运把他推往相反的方向，加深了他潜藏的恐惧，感觉自己就像一个被凶恶巨浪慢慢吞没的人，时不时能看到那片本不该离开的太平洋海滩，而每一波浪涛卷来，都把他往下拖得更深、更久。他几乎无时无刻不被一种迷失感笼罩着，就像是总要忘记如何系鞋带，忘记身边那些日常用品叫什么名字，但这种迷失感之外，他对不时会被一种更深层的迷惘蹂躏。比如现在，他感到一种根本性的困惑，就如同他刚刚见证了一件不可能的事情，大自然的规律被逆转了，一颗被抛到空中的石头没有落下来，而是加速升入天空。

土地又湿又硬，距他只有几英尺远，土地是他的朋友。他渴望向土地跌落，这意味着他不用再无止境地跌落进天空了——闭上眼睛，心思折回那个他丢失的家。邓巴在墙角躺下，尽量展开身体，为的是尽可能多地碰触地面。他不想被带走。他胡乱地搜索着额外的缚系之物，右手握住了墙上凸出的一块石头，手指摸索着它粗糙的表面，另一只手紧紧攫住一簇野草。他想起小时候死命地抱住桌角，不让母亲把他拖走，去接受惩罚。有一回他被打是因为点火，而这个火是大人"明确"关照他不准碰的。"明确"这个词曾像鬼魂一样纠缠着他，但直到很久之后他才知道这词什么意思。他还以为有些事用"邪恶"在道义上不够分量，要用这个可怕的词才能传达。当他终于弄懂了这个词的意义，它不偏不倚的那种精准让他很是不解。这么拘谨、狭隘的一个词，母亲怎么会想到用它来传递这么重的恐怖和暴力？

"明确。"邓巴喃喃道。

他依然伸展四肢躺在泥地里，靠草丛和石块抓住土地。他蜷着脚趾，全身肌肉紧绷，手上的力道一点都不放松。他说不上来在那里待了多久。他对时间的感受和对其他所有事情一样，是扭曲的：时间对他有噩梦里那种亲切的权威感。他沉浸在母亲要惩戒他的怒气中，浑然不知过了多久，那种体验似乎在时间之外，因为它虽然属于过往，但身处那段过往时，他无法想象那种氛围有一天会消逝。另外，像"无限"和"空间"这样的概念，虽然只在他脑海中一闪而过，却让他充满了将在地狱受永世之苦的无望。

他最终还是动了，先是强忍膝盖疼痛慢慢跪起，然后双脚麻木地站定。他的头依然保持在墙沿之下，怕的是追踪他的人正隔着山谷用强大的望远镜往这里看。又停了一会儿，他悄悄探头往山谷那边扫了一眼，想看看他们上到哪里了，但外面什么人都没有。他的视线从车到山口巡察了一遍，但只看到被风撕扯的雨线在抽打着几只湿漉漉的黑羊。可能他的追捕者已经消失在遮蔽山顶的云层中了，但应该没这么快。他到底躲了多久？那两个人会不会已经在回来的路上了？他是不是应该回纳丁自首？让他们直接报警，而不是叫出租车，反正不管说什么，他们也一定会先找警察的。还是他应该被带回梅豆米德，重新开始吃药？

不行，他不会重新往山下走的，他不会这样轻贱自己，不会再被自己的孩子管教，被自己的狱卒侮辱。饥饿可以分解他的肠胃，寒霜可以冻碎他的血液，但他不会自己折腰。他强迫自己继续往前走。追捕者离开是暂时的，他必须尽可能地领先他们。现在他们是一群追踪了错误踪迹的猎犬，气喘吁吁地翻越山口去梅尔沃特了，但他们速度太快，一旦发现山口那头什么都没有，就会咆哮着涌过栅栏扑回来，会把他不断往山中赶去。而他就像一只四肢发颤、肺中如焚的牡赤鹿，蹚过一道道小河，只希望猎犬能丢失它的气味，最后被堵在一片灌木丛或池塘之中，精疲力竭。这整个过程，他曾在卢瓦尔河谷[1]见过。后来，他们把内脏丢给猎犬作为奖励，奖励它们没有肢解那头无路可逃的牡赤鹿，奖励它们有足够的纪律性，把穿透那头野兽心脏的快感留给了这场狩猎的真正主人。

---

[1] The Loire Valley，位于法国中部，卢瓦尔河的中段。

10

他们发现这一行人中只有威尔逊去过曼彻斯特，他告诉弗洛伦斯，自己曾经和邓巴去那里买下一家电视台。

"你们把它买来干吗？"弗洛伦斯问。

"我们把它关了。"威尔逊说。

"这就是你们让对方心动的合作方案？"

"略有出入。"威尔逊朝她微笑着说。他们之前正聊起弗洛伦斯十几岁起就对父亲商业帝国提出的种种质疑，她那时开始热衷于鼓吹工人权益、环境保护和严格的新闻诚信，整日战斗不止。

弗洛伦斯也朝他微笑。威尔逊其实早已是家人，或者更准确地说，威尔逊让人无比尊敬的地方就在于他始终立身于他们**家庭之外**，但弗洛伦斯自出生起便和他熟识，爱他的忠诚和幽默。

"租这架私人飞机我觉得好罪过，"她说，"最近才让我的孩子相信，因为碳足迹[1]的关系，这种行为是多么不道德。"

"你得这么想，"威尔逊说，"有时候买电视台是不得已，因为你要摧毁对手；有时候租私人飞机也是不得已，因为你要赶上对手——这次是你的两个姐姐。"

"最后时刻还多了一个乘客。"弗洛伦斯睁大眼睛表达意外，但没有多说什么。

"是啊，"威尔逊也是慎言为上，"我觉得我们还是去用一下你租的那两张危害环境的床吧，这样不至于到了曼彻斯特就累瘫。说话间就到了。"

"去年我种了七万棵树。"弗洛伦斯说。

"正好从空中给它们送些养料，"威尔逊说道，把手放在弗洛伦斯的肩头，"晚安，弗洛，我们相约'北方经济引擎'[2]再见。"

"晚安。"弗洛伦斯也按了一下威尔逊的手背，作为疲倦的道别。

她很快躲进自己卧舱隔音的紧凑空间中，踢掉鞋子，褪下裙子，摘掉胸罩，换了T恤，几乎无意识地刷了牙，瘫坐到床上。她扭动身子钻进被窝，戴上耳塞，套上眼罩，再把眼罩撩起来一点，关灯。

那个她不愿聊起的意外旅伴就是马克，怕多说什么被他听到。威尔逊和克里斯还在从温哥华赶来的飞机上时，马克来电话说他

---

[1] 碳足迹，英文为 Carbon Footprint，是指企业、机构、活动、产品或个人通过交通运输、食品生产和消费以及各类生产过程等引起的温室气体排放的集合。

[2] Northern Powerhouse，一系列促进英格兰北部经济发展的计划，由原英国财政大臣乔治·奥斯本在 2014 年最早提出。

想帮忙找回岳父。几个小时之前他还为了自身安全置身事外，现在又突然变卦，这让弗洛伦斯拿不准是怎么回事，但她直觉上感到对方一种脆弱的诚意。马克对阿比盖尔强烈的恨在纠结与愧疚的重压下，有些踌躇不前，这很好理解。要是威尔逊坚决反对他加入，那发给马克的邀请她随时可以收回。但在那之前，她觉得不妨让大家都聚到拉瓜迪亚机场[1]再说。

"朋友可以走远，但敌人一定要留在身边。"弗洛伦斯说了马克的情况之后，威尔逊回了这样一句高深的话。

"你从哪里看来的，《教父》还是《孙子兵法》？"弗洛伦斯问。

"不知道，"威尔逊说，"我刚瞎掰的。"

"威尔逊！我需要一些正经的建议。"

"你要这样想，一方面我们根本就没计划，所以马克不可能把我们想干吗出卖给你两个姐姐；但另一方面，他倒是有可能告诉我们一些有用的东西。综合来看，我觉得可以带上他。"

威尔逊的那队调研员一听到邓巴被关在英国西北某处的消息，就找出了三家值得深入调查的私人医院，但对方的接待人员都不承认接待过这位病人。而这是出于保密、无知，还是主角本身的确实缺席，就不得而知了。等威尔逊到达拉瓜迪亚机场的时候，他的某位实习生说除非跟她沟通的那位夜班接待员凭借那段表演即将拿到奥斯卡，她很有信心把调查对象减少到两个。她还给威尔逊表演了对方表现出的难以置信，那个英国口音夸张到迪

---

[1] 纽约三大机场之一。

克·凡·戴克[1]相比之下像是打一出生就在伦敦东区替人打扫烟囱。

"什么？**那个**亨利·邓巴吗？那个鼎鼎大名的亨利·邓巴？他不在我们这里啊，亲爱的，否则我能不知道？这种地方哪里守得住那样的秘密？"

弗洛伦斯和威尔逊都觉得报告中的这份轻率实在可信，决定（没有告知马克）第二天一早兵分两路去查看剩下的两个怀疑对象。

"我跟克里斯一队。"弗洛伦斯说，"你更适合探究一下马克的动机究竟是什么，反正，"她补充道，"我也想跟克里斯一队。"威尔逊一直很爱她这种能让谈话瞬间塌陷的直陈心迹。

"当然，"威尔逊假装他也很认可这方案的可行性，想的却是他和邓巴曾经多少次探讨过成为亲家的可能，"我也希望有机会能查明她们姐妹见我离开董事会为什么那么高兴。有些事情可能马克都不知道他自己知道——但或许我能通过一些细节摸出她们的大致方向。"

如果说弗洛伦斯现在正失眠——这也是事实——其中一部分原因是她想到要和克里斯独处，他们要在以风光秀丽著称的湖区开车找寻一个叫作梅豆米德的地方。两人都没来过湖区。虽然此行本质上很是急迫和凶险，但弗洛伦斯忍不住想起他们曾经那么多次一起去旅行，尤其是二十岁出头两人恋爱的时候。的确有些

---

[1] 美国演员迪克·凡·戴克（Dick Van Dyke, 1925— ）在1964年的迪士尼经典电影《欢乐满人间》（*Mary Poppins*）中饰演一位打扫烟囱的少年，其伦敦土腔被很多人认为是"电影史上最糟糕的口音"。

尴尬的是，弗洛伦斯对男女之事最难忘和最美好的记忆都来自她和克里斯在一起的时光。一开始是纯粹的痴迷，穿衣服只是脱衣服无聊的铺垫，每次参加派对他们都忍不住私奔去他们的汽车后座，一会儿再神情恍惚、蓬头散发地回到这些像电梯音乐般几乎可以忽略的"其他人"中间。她二十三岁的时候两人同去欧洲游历，从他们卧室的落地窗可以看到圣乔治的红砖钟楼[1]，薄薄的窗帘被潟湖的微风鼓起，又慵懒地跌回窗框之中，于是钟楼也随之时隐时现。弗洛伦斯记得当时心想，自己以后再也不会感到像此刻一样完整。她现在还会沉浸在两人一起去新墨西哥州的那段记忆里，他们找到一个浅色赭石的洞穴，里面的地是那么顺滑，而石屑是如此温暖、柔软、厚实，很难找出一个不舒服的姿势——天知道他们做了多少种尝试——他们在石屑中跪倒、扭曲、翻滚……天哪，那已经是很久之前的事了，但依然比其他所有东西都离她更近，至少此时此刻，在这个房间隔断如此单薄的小飞机上，她是这么想的。

对本杰明不忠是不可能的，至少目前为止是这样。跟一个占有她身体比丈夫更早的人偷情，是否比寻常的偷情更恶劣，抑或只是复原了之前被婚姻打断的自然秩序？她怎么能问出这种问题？她爱本杰明这个丈夫，一个和她有了孩子的男人。之前跟另几位前任交往时，弗洛伦斯都很仔细地避免怀孕，只有跟克里斯是个例外。当时两人像是交往在一个军事缓冲地带：一方面，太

---

[1]　应指威尼斯圣乔治·马焦雷岛上的圣乔治·马焦雷教堂。

III

年轻，太飘忽不定，未来想怎样自己也说不清；另一方面，又太激情澎湃、不计后果，意外难免。在某种意义上，她和克里斯的意外是她居然没有怀孕，等到她能表达悔意的时候，两人已经毫无余地地分开了。这种分开和发脾气冲出对方公寓是不一样的——这后一件事，两人谈恋爱的时候每隔几周就会发生。

她和克里斯的感情之深，几乎隐约有些乱伦的意味。邓巴这教父当得不亦乐乎，克里斯从童年时代起就经常在她身边，漫长的暑假他一大部分都是跟邓巴一家在"自家的湖"度过的。尽管在童年末梢，他们有了一次牙齿碰撞、鼻梁抵触的初吻，但克里斯很容易就可能落入一个兄长的角色，或至少熟悉到不再诱人，所以那段不曾相见的岁月就显得至关重要了。有好多年威尔逊去执掌公司的欧洲总部，克里斯被送进了英格兰的寄宿学校，夏天也开始在意大利和法国度过。尽管邓巴去欧洲出差常能见到自己的教子，但弗洛伦斯错过了他的前半个青春期。两人再次相见都十七岁了，她有种怪异的迷人感触，那是在一个她曾以为无所不知的人面前觉得羞涩，就像发现自己住的房子有一侧的厢房不知为何以前从未留意，但现在却十分渴盼能住进去。两个人都不知道那些龃龉的水流要怎样融合。多年之后，他们在玛瑙斯看两河交汇的奇景，怠懒的黄色亚马孙河与迅捷、潇洒的内格罗河在河道中并行数英里而互不相混。对弗洛伦斯来说，那个夏天就像这奇观一样：曾经对克里斯的那种轻松的喜爱新添了一股强烈的渴望，有很长一段时间她不知道该如何将它们合并起来。直到第二年的圣诞，他们才开始一吻就好几个小时。不过第一次做爱又等到了夏天。弗洛伦斯此时的一个想法把自己也吓了一跳，在这样原始的关系面前，她的婚姻才算是偷情——她一定得睡一会儿了。她从一个五年前备的药箱里摇出一片扎普宁[1]，因为几乎从来没吃过药，药效发挥彻底，她很快没了意识。

她在人造睡眠的深井底，敲门声几乎触碰不到她。可乘务员微微推开门，告诉她飞机准备降落时，弗洛伦斯已经有意识地谢了她，并且问她除了平常喝的一壶绿茶，能否再做一杯双份浓缩的玛奇朵。她摸索着穿好衣服，大口饮下咖啡，系好安全带，又很快在这个硕大无比的皮椅中打起了瞌睡。

曼彻斯特的天气很恶劣，但在司机的伞下，弗洛伦斯看着哆嗦的水坑，感受着闪过雨伞吹到她脸上的提神的雨点，有种置身事外的愉悦。穿过柏油碎石路面，她坐进了路虎的高背后座中，克里斯进来坐在她旁边。就像两人分手后的这十五年瞬间消弭，她喃喃念了句"我真的还得再睡一会儿"，然后就横着倒下来，把头枕在克里斯的大腿上。克里斯十分乐意接受这份出其不意的负担，还怕突然刹车她会被抛出去，温柔地揽住了弗洛伦斯的腰。

刚醒来的几秒钟，弗洛伦斯完全不知道自己身在何处。意识到自己正枕在克里斯的大腿上，她试着感到惊慌，但很快接受了此刻的甜蜜和自然。

"不好意思，我一定是睡着了。"她起身时说。

"其实你算是申请过了。"

---

[1]　Xanax，阿普唑仑的商标名，又名佳静安定，一般用于抗焦虑和催眠。

"所以你这次不会因为个人空间被侵犯要告我了？说我因此给你造成了精神上的痛苦，伤害了你的自尊？"

"这次算了，"克里斯说，"但我们还是应该拟一份合同，找好见证人，签字。"

弗洛伦斯捏了一下他的手，但什么话也没接。她觉得这样斗嘴既太像调情，又配不上他们感情的深沉。

"确切地说，我们现在到哪儿了？"她问司机。

"根据导航，"司机想把她的用词回敬给她，"**确切地说**，我们离目的地还有 9.6 英里。"

"对于一个三十六个小时之前还在不俄明州的人来说，听上去可真近啊。"

"在我看来，**粗略计算**你已经完成 99.8% 的行程了。"克里斯说。

"那得是他在那里才算。"

哈里斯医生说他哪有工夫开玩笑。

"你的两个姐姐难道没告诉你发生了什么吗？"

"她们什么都没告诉我，"弗洛伦斯说，"我们之间不交流的。"

"好吧，那我要说，遗憾的是她们倒很乐意跟我交流。"哈里斯医生说，"昨天我有这个荣幸得到了她们的当面羞辱，而今天她们已经把这活儿交接给了几个极为咄咄逼人的伦敦律师。"

"布拉格斯的吗？"弗洛伦斯问。

"是的。"

"那我大概有办法让她们不要这样。"

"那好，不管怎样，"哈里斯医生还不愿被调停，"这游戏不是只有一家会玩。我从来都没说我开的是密不透风的监牢，纵然没看住他们，但和你两个姐姐的所作所为比起来根本不值一提。她们不仅绑架了我的一个病人，据他所说，还用酷刑拷问了他，就为了获取关于邓巴的消息。我们一个小时之前在普朗戴尔找到他时，他简直吓得魂不附体，那样子真是太可怜了。我们只能给他服用镇静剂，还把他放进了自杀观察室。到时看法庭会怎么说吧。"

"酷刑？"弗洛伦斯说，"我能和他聊一会儿吗？"

"什么？然后你也想试试能不能把他点着？今天他跟你们这家子人的接触，够他消受一辈子了。"

"我不属于'我们这家子'。"弗洛伦斯说。

"哦？你这句深奥的话，今天余下的时间我会好好琢磨的。"哈里斯医生说，"无论如何，要是你们以后还用得着私人疗养院，请往**别处**申请去。"

"哈里斯医生，别着急。"克里斯说。

"我要把话说清楚，"哈里斯医生站起来，隔着桌子朝两位客人俯身说道，"你的两个姐姐和她们派的代表吓唬不了我。我对你父亲的失踪深表遗憾，但更遗憾的是我一开始接收了他。名人引发的麻烦向来大过他们带来的好处，但说到你父亲这权倾天下的大人物，他的到来完全就是场灾难。"

"你们为了找他采取了哪些措施？"克里斯问。

"能用的都用了，"哈里斯医生说着直起身，双手交叉在胸前，"我们正准备向警方和山地救援队求助的时候，他的女儿——**另外**

两个女儿，"他特别强调，"决定接管一切事宜。接下去会造成什么结果我一概不负责。"

"我们不关心让谁负责，只关心亨利·邓巴的安全，"克里斯说，"他之所以在暴风雨中入山，是因为相比于闪电、冰雪和体温过低，阿比盖尔和梅根对他来说是更大的威胁。我从小就认识他，知道他除非完全丢掉了自我，否则就不会失去他的坚韧和对权力本能的索求，因为他最了不起的也正是这两点。"

"只可惜……人是会完全丢掉自我的，"哈里斯医生因为听出克里斯在试图安抚他，也回报以更为平和的语调，"我们每天面对这样的人。邓巴虽然时常有幻觉，而且极度暴躁，但不用说，他一定还没被拖垮到那个地步。至于他的行踪，我们只知道最后有人看见他是在昨天下午，位于梅尔沃特湖边的一个停车场，他正要朝一个叫纳丁的地方去。"

哈里斯医生办公室墙上有幅全国地形测量局绘制的地图，他走过去指给弗洛伦斯看邓巴理应会走的路线。克里斯没有起身，坐在那里发消息。

"这个时节谁走这段路都不容易，更何况是八十岁的老人。还好暴风雪倒快停了。"

"这的确是个好消息，"弗洛伦斯说，"但归根结底，就像克里斯刚刚说的，你很难遇到比我父亲更坚定——或者说更固执的人了。"

"接下来这样，"克里斯看完手机，抬起头来说，"我们半个小时之后跟我父亲在纳丁碰头，他会联系警方和山地救援队，也会帮忙挡一下布拉格斯那些喊打喊杀的邮件。"

"他不是去查另外一个地方了吗？曼彻斯特另一头的那家？"弗洛伦斯说。

"一发现是这里我就告诉他了，"克里斯说，"他已经在赶过来了。"

"你们说的不是藤波格洛夫吧？"哈里斯医生忍不住问道，"那地方很可怕的，希望你们不是在考虑要把谁送去吧？"

"我们没在考虑要把父亲往哪儿送，"弗洛伦斯说，"我们在考虑怎么把他带回家。"

"那个，我觉得我们该动身了。"克里斯说着跟哈里斯医生握了握手。

"你那位病人的情况之后也麻烦让我知道一下，"弗洛伦斯说，"在自杀观察室的那位。听你刚刚所说我很难受，如果我能帮上忙的话也请告诉我。"

"我会的。"哈里斯医生说，"今天她们的攻势不让人喘息，很抱歉之前我以为你是第三波。"

"考虑到你今天的遭遇，会这样想也是自然的。"克里斯给了医生一个肯定的笑容。

汽车驶离梅豆米德，弗洛伦斯对克里斯说："你现在好有效率，我还记得你以前……"

"完全一团糟。"克里斯说。

"好吧，的确一团糟。"她笑着承认。

"我觉得，亨利很固执这一点我们已经传达清楚了。"克里斯尽量做出乐观的样子。

"只能希望他足够固执了。"弗洛伦斯说道。她看向车窗外，不想让克里斯发现她在哭。她也不知道究竟是什么样的情绪组合在一起让她流泪了。她没转头，只摸到了克里斯的手，举到唇边吻了一下。

"啊，他的固执一定够的。"克里斯说道。两人手指交缠，他反过来用力握住她的手，也举到了唇边。

11

　　一段段支离破碎的故事就像攫住邓巴头脑的幻象，他独处太久，这些白日梦驾轻就熟地就能找到那些他不想感受、不愿想象的画面，他想甩是很难甩掉的。最新的这段就是一只上了年纪的马戏团老虎在某个寒冷的地方逃出笼子，自得其乐地穿过一群尖叫着四散奔逃的百姓，邓巴能感受到它步态中奇异的力量。在一片供人休憩的稀疏的林子里，它找了一圈食物，然后站到了树林边缘，这时邓巴看到一颗子弹撞进它的头颅，留下一片血肉模糊。

　　要如何从一个醒着的梦中醒来？他想到、看到的一切都裹挟其中。有一层棕色和紫色的云碎在渐渐变黄的天空，让他想起母亲的玳瑁梳子。他以前会闭着一只眼睛拿它对着灯光瞪好久，直到斑驳的光和暗影填满他的整个视野。那时他还小，还没有开始问母亲那些难以回答的问题，还没有开始质疑她那些随便的答案。

他们还没有变成敌人。现在所有人都成了他的敌人，因为他自己出了问题。

群山被暴雨滋润，此时在午后的阳光中湿淋淋地闪耀着。他非要把自己笨重的身体拖进这曼妙的水景中是多么唐突！就像一袋淋过雨之后结块、开裂的水泥，被丢在除它之外一尘不染的山坡上。

但另一方面，他又觉得如此轻盈、如此空乏，就像他和其余人类的联系已磨损殆尽。他完全可以想象自己从生命中滑离，和那些被暂时拦阻的明亮雨滴一样，悄无声息地从灌木滑向草丛，再从草丛落向土地。

他的整个机构都被两个女儿掌控。而他连自己的"解构"都掌控不了，怎么和她们对抗？"机构""解构"——都是这些让人发狂的词，把他当成腹语表演者手上的玩偶，更不用说那些被温柔屠戮的老虎了。它们在邓巴脑中那台电视深灰色的屏幕上闪烁，就因为九天之上一个拥有天下所有生物头脑中所有频道的神，那个有虐待狂倾向的混蛋，他把节目安排和遥控器都当成了自己的玩具。

"为什么不放弃？为什么还要把他惨痛的肉身拖往下一个山谷？为什么要在生命的悲苦中坚持？因为我就是一个坚持的人啊。"邓巴心想。他勉强站起来，再次挺直了身子，握紧双拳捶打起了胸膛。让那个吃孩子的天神尽力使坏好了，从他的那些卫星上如降雨般洒下信息，把地狱般的声像——白噪音和焚烧的身体——直接送入邓巴脆弱的头颅。要是那个神有这能耐，不妨再把他的大脑分成两个半球；要是那家伙有这胆子，何不再用语言的绞索把他勒死。

"来吧,"邓巴用粗哑的嗓音低声说,"来吧,你这混蛋。"

接下来发生的事情,就是他完全忘记了刚才发生的事情。他双手自然垂下,完全忘我地沉浸在观察一滴在叶尖鼓起的水珠,看它变幻颜色,闪耀着落入土中。他渴望那瞬间的彩虹,渴望被大地接纳——或者,如果大地不要他,那就在空中蒸发,化入万物,什么也不参与。再没有角色,再没有关键,再没有方法,再没有规律,再没有思想。

这个地方没有什么可以改进的了,除了拿掉他自己。他想象自己被删除,就像老师擦去黑板上不雅的涂鸦,再写出一个辉煌的公式,指代空无一物的山谷。是的,是的,他必须要走了。虽然他的膝盖在求他坐下,他的腰在求他躺下,他的浑身肌肉在求他就此长眠,他还是要尊重山谷想要送走他的无可厚非的愿望。他开始温顺地在湿草地上拖动脚步,使尽全力让自己向前。污染一个仙境实在不应该,他能做到的最微不足道的事,就是离开。

在运营一个全球性商业帝国的时候,他的残忍、记仇、谎言和脾气都可假装是有决断的最高统帅所必备的特质。但在此刻赤裸的状态下,他那些行径中所展露的赤裸本质向他歇斯底里地大吼,就像被释放的囚犯在街上认出了曾经对自己动过刑的人:"是他!就是他!他拔了我的指甲,他敲碎了我的膝盖,他解除了我的婚姻,他逼我辞职,他把我送进了监狱……"他身体太弱,割不破他们的喉咙;他伤势太重,没有办法逃脱。此时的处境让他很不习惯。他只能站在那里听对方的观点,他不能解雇也不能摧毁他们，因为他们既不是他的员工也不是他的对手。他们是他的记忆，在他自己的困乏和脆弱中变换着形象。跟法院申请对他们的禁制令，或者让编辑放出攻击犬咬烂他们的名声，都无济于事。他们已经忙不迭地在奚落他了，他还怎么指名道姓地嘲笑他们？所有他伤害过的人——竟真有黑压压的一片——正把他们的伤口变作利刃。为了躲避那些与他为敌的记忆，他努力加快脚步，还趔趄了几次。确实，他们都是从他心里追来的，可能他真的没法逃避自己体内迸发出的东西，但或许这下一个山峰前方就是峭壁——要是这世上还存有一丝怜悯和正义，这下一个山峰前方应该就是峭壁——他会从那里一头栽向山下的乱石，把脑浆摔出来，做个必要的大脑摘除手术，把烦恼从头颅中拿走。他将大方承认，救他性命唯一的办法就是终结它。

所有曾让他萌生过悔意的事情，现在都像被提取制成了一种药物，成分纯粹是他的残忍。以眼还眼——这是铁律。他们正把他的头按下，用钳子夹住，要割下他的眼睑。别，求你们，不要割眼睑。他越爬越高，视线越发模糊，似乎真的是过往的罪孽毒性太强，要把他毒瞎。他用有力的双手扪住自己的脑袋，示意他被夹得有多紧，同时也寄希望于能莫名生出些力量把钳子挣开，不让腐蚀性的汁液一滴滴滚烫地落在他珍贵的、无助的眼球上。不要，求你了，求你了，求你了。他的心要被痛苦撑破。最后几码他手脚并用爬到山顶，累瘫在地。

片刻间，他的惊恐因绝望的另一记暴击黯然失色。山顶另一侧的坡度并不比刚刚爬来那段更陡，要是你想扭伤个脚踝或摔断条腿还勉强够用，但远远不足以达到他心中的目的。没有悬崖的纾解，只能继续窝囊地承受痛苦，他甚至没有能力为自己指定一场便捷的死亡，只好苟延残喘，像牲口一样被电棍顶着走在屠宰场的迷宫里。一路是饥饿、风雨、疫病和错乱，或许，还会更糟，他会被救回去，像战败的君王一样，拖着手铐脚镣，成为女儿们凯旋仪式上的展览品，接受老百姓砸来的污秽、馊食和嬉笑怒骂。

　　的确，他也曾经把梅根和阿比盖尔从邓巴信托的重要职位上炒掉，但只是为了能把她们安排到别的职位上去，而且（这点毋庸置疑）都是为了她们好，让她们更强大，让她们明白，光靠裙带关系是不行的，她们必须能和他手下最强的那些主事人员一样文雅、一样野蛮。当然，到最后他还是会回到——或早已回到——朝代承继的角度去思考问题；把事业传下去才是至关重要的。他现在明白了，如果她们当时误会了父亲的动机，那些解雇的确可能让她们想要找机会报复。或许她们气的是那么小就被剥夺了母爱，或许她们没明白他是在保护她们，因为她们的母亲当时已经疯得可能会伤人。他现在可以体会她们的痛苦了。如果他的女儿是禽兽，那也是他一手抚育出来的。他试图弥补，把一切都给了她们，真的是一切，但她们拿到了一切之后，唯一想到的就是：他曾经怎样对她们的，她们现在也要怎样对他。但是他对她们再如何粗暴，也无法和他对待弗洛伦斯的方式相比，要是还有什么理由非活下去不可的话，那就是要跪在弗洛伦斯面前求她原谅。但话又说回来，之前他憧憬山顶前方是个悬崖，可以让他从那里往下跳，他这样做的最迫切的理由同样是因为想到了弗洛伦斯。唯有如此极端的自戕才能表达他的悔恨。他辜负了这世上他最爱的人——凯瑟琳的女儿，唯一不愿合伙背叛他的女儿，虽然她是最有理由这样做的。

他伸手保护自己的眼睛，但发现它们根本没有被什么液态的火焰烧空，反而全是湿湿的寻常的泪水。他很意外，还有点气愤，但他又太多疑了，不愿就这样上当。火只是暂时被灭了，好延长对他的折磨，就像切断快被绞死之人的绳子，只为了换一种更细腻的方法杀他。

他知道这世界是如何运转的：消防员就是纵火犯，杀手穿着医生的大褂，魔鬼扮成神父替主人收割灵魂，接受家长重托的老师把孩子洗澡的视频拍下来发到暗网[1]上——这些报道他都读过，每天吃早餐的时候他读的都是这些事。就像演木偶戏除了牵动绳子还要给角色配音一样，邓巴在一定程度上——虽然带着鄙夷——和他的理想读者是重合的：憎恶小混混、社会福利的食客、性变态者和瘾君子，也憎恶纨绔子弟、大款、避税者和名流。他们憎恶一切，除了同类。这些人的共同点就在于：一样东西只要引发他们的妒忌或恐惧，就立马成了他们憎恶的对象。邓巴是那个在他们舌尖上放圣饼的人，把带有腐蚀性却消极、麻木的恐惧和妒忌化体[2]成精力充沛、心无旁骛的恨。作为精于此类小伎俩的

---

[1]　指那些储存在网络数据库里，不能通过超链接访问，而要通过动态网页技术访问的资源合集。

[2]　指圣餐变体（transubstan tiation），《路加福音》中，面饼和葡萄酒代表耶稣的身体和血。

大祭司，他在此刻万难预料的新处境下不得不承认，当时他从圣坛上看去和盲人又有什么区别？

要是他无法立刻杀死自己，那是因为他配不上这么轻描淡写的死；要是他的眼睛暂时还得以保留，那是因为更挠心的恐怖画面正要刻上他渐渐褪色的视网膜，在即将到来的黑暗中挥之不去。他四下搜寻可以躲避命运的路径。远处似乎有块小小的山壁，底下是乱石堆成的斜坡，但是以他目前的状况，要上到那里没有直升机接送怕是不成，可他此刻最不想见到的恐怕就是一个和蔼、可靠的飞行员，鼓励他欣赏美景，又告诫他不要离悬崖太近。

他先是跪在地上，继而双手撑地痛苦地站起身，为的是放远视线，观察周围的地形。身前、身后两座山谷都没有任何建筑，甚至一点人造的东西也没有：没有门、没有木台阶、没有墙，甚至一路上隔三岔五总会陪伴他的赫德威克绵羊也不见了。它们大概也觉得这些光秃秃的山坡和雪峰太荒僻，没有必要冒险深入。邓巴想到"在荒芜正中心"这个词，感到它正是被自己的鲜活拖累才让这么多人用成了陈词滥调。没错，他此刻就在荒芜的正中心——没有比它更贴切的词了。此前他一直生活和工作在各种区域概念的中心，此时他发现自己又在某种意义上成功延续了这个习惯，虽然这次被他占据中心的区域叫"荒芜"，虽然拥有地址的满足并不能完全弥补缺失遮风避雨之所的事实，无法阻拦冰冷的风从衣服的缝隙钻进来，也不能变成食物，不能变成火。他开始发抖，又感到深入骨髓的寒意，他害怕夜的降临。

"救命！"

邓巴清楚这里除自己之外别无他人，完全想不出怎么会听见人声。

"什么？"他喊道。

"救命！"

有片刻间他以为是自己脑海中最新创造的人物——那个直升机驾驶员——到了，但他找不到这个飞行员存在的证据：要是喊的人真是个直升机驾驶员，那他的直升机呢？总之就是说不通。

等他看到一个土堆裂开，幻化作人形，邓巴的迷茫顿时成了惊惧。这个男人穿了件污秽的棕色外套，胡子上挂满了泥，他坐起来，擦掉了脸上一些尘土，重申了自己的请求。

"救命，"他说，"帮我把这两只靴子脱了吧。我要被它们折磨死了。"

"跟我两个女儿一样，"邓巴说，为这样的巧合感到不可思议。一阵同仇敌忾之感涌上来，他在这位呻吟的新伙伴身边蹲下，开始解他盖满了泥块的鞋带。

"我几乎感觉不到我的脚了，可每次有感觉，我都希望那不是我的脚。其实我只能感觉到水泡。"

"我眼睛里长了水泡。"邓巴说。

"那你看得见吗？"

"几乎什么都看不见。"

"'盲人若由盲人领着，两人会一起掉到坑里。'《马太福音15：14》。"

"听上去像是个有头脑的家伙，"邓巴说，"你应该找一只导盲犬，会轻松很多。"

"我以前是个牧师——西蒙·菲尔德教士——可我迷失了，我跌到《马太福音》说的那个坑里。"

"你看上去不像牧师，更像个流浪汉。"邓巴直言相告。

"我是个隐士。"

"牧师成了流浪汉就叫隐士，"邓巴说，"那我就是乞丐，几十亿身家的富翁流浪起来就叫乞丐。"

"我是输给了自己的赌瘾，"西蒙说，"我为了还赌债让他们把教堂屋顶的铅皮抽走了。"

"我的天，"邓巴说，"你的脚成什么样子了，都在流血啊。"

"接下来抽走的是铜水管，"西蒙说，"我押错了大选的结果。本以为同情心会成主导因素的，但我们活在一个属于野心的时代，那才是大众的安非他命。当他们把那些大暖气片抬出教堂之后，我只能向教众宣布，教堂被抢了。"

邓巴将西蒙的两只袜子的"残骸"塞进自己皮靴的鞋帮子里。地上一摊新下的雨水，又清又凉，他捧了一点出来，浇在西蒙满是创伤的脚上。

"我错就错在把这些事都袒露给了'教堂屋顶委员会'的主席。我以为我们是相爱的，结果他把我的事卖给了媒体。"

"《同性恋牧师往自己的铅笔里加铅料》[1]。"邓巴说，用自己

---

[1] "往自己的铅笔里加铅料"是英文中很俚俗的一种表达，指男子用某种方法提升自己的性冲动，铅笔象征性器官，此处当然也和西蒙偷教堂铅皮屋顶双关。

的围巾把西蒙的脚擦干。

"啊，看来你对当时媒体的那次造势很熟悉，"西蒙说，"'**同性恋教士脱下法袍……跟他偷去抵债的铅皮一样弯……**'诸如此类。"

"我知道，我知道，"邓巴说，"我们不该对你那么穷追猛打的。我只庆幸当时关于你自杀的信息果然只是谣言。我一个编辑发邮件跟我说：'我发现那个基佬牧师大概自行了断了。可喜可贺。'我告诉他这就过分了，格调太低。那新闻我们没有上——这是自然的。"

"那些我现在全都不在乎了。"西蒙说，"我知道附近有个山洞，我们晚上在那儿休息，至少不会这么冷了。我来带路——如果这能叫带路的话。"

"谢谢你，"邓巴说，帮着把西蒙的靴子重新穿上，"你真是好心，尤其是考虑到……"

"那些事就别提了，"西蒙说，"我们现在就往山洞走吧，既然雨停了，说不定我们还能生个火。"

邓巴伸手拉着西蒙站起来。日落过于俗艳，像喝醉了酒在镜子上用口红胡乱涂写的道别，作为他们离开的背景。但很快色彩从天空泻去，只剩空气中一种透彻的灰。西蒙一瘸一拐地走着，每一步都像是要停下来单膝跪地，但每到最后一刻又都站起身继续往前。邓巴佩服自己的这位新同伴，开始学他走路的样子。远远的雪峰抛来冥冥的暮光，勾勒出他们的身形。每次屈膝，邓巴都想象自己是跪地祈求宽恕，一个接着一个，朝着所有被他伤害过的人。

12

　　现在是凌晨三点，虽然服了几粒氯硝西泮[1]，躺在床上瞪着天花板的鲍勃医生还是感觉像刚刚被电击过。附近某棵树上，一只猫头鹰叫得他十分恶心。在他这个常看电影的大都市人听来，这段背景音效大概会用在那场叫人断肠的戏里：主人公躺在床上，其忧心不难想见，这场景本该剪掉，但一个愚笨或居心叵测的剪辑师故意把它留在那里恶心观众。昨天太忙乱了，还烧了个皮特·沃克（真是莫名其妙的放肆行径），再加上那些徒劳无获的奔波——他们去了纳丁和其他所有邓巴可能逃去的地方。似乎整个下午，他都在泥泞的院子里不知何去何从，当然，他也会坐在车里，隔着路虎满车窗的雨点，看凯文审问那些想帮忙却毫无线索

---

[1]　Klonopin，用于治疗癫痫、焦虑、失眠等。

的坎布里亚人。他们蓝色的工作服、宽大的套衫和拖泥带水的家禽都构成朦胧的背景，而鲍勃医生关注的是手机角上线条清晰的三个字：无信号。对他的最终目的而言，能否找到邓巴已经无足轻重了，要紧的是科尼桑蒂的钱有没有打进来。

终于回到国王头盔酒店，网络是有了，但他的账户余额并没有变动，上一笔进账还是邓巴信托上周打进来的六百五十万。日内瓦的那家银行已经下班，但他关照过自己的个人账户经理，会有两千五百万美元到账。那个经理发来邮件自告奋勇地说，如果鲍勃医生愿意拨冗提供一下款项来源，他可以帮忙追踪一下。鉴于瑞士银行一向标榜的服务，他感到询问任何资产的来源都是极度违背职业道德的，于是他写了封不苟言笑的邮件，告诉经理只需等资金到账知会他即可，他自己会从"他这一头"去查一下打款的情况。不过，晚餐之前打电话给科尼桑蒂是来不及了，写邮件会留下重大线索，不是聪明人的做法，虽然他确实很想随手给那家伙发一个美元标志过去，后面再拖上二十五个问号。

近傍晚时天气变得晴朗，预报中说周二也是好天气，所以吃饭的时候阿比盖尔通知吉姆·萨奇，第二天一早开直升机去普朗戴尔体育场接上凯文和J。那里是他们能找到的唯一空地。鲍勃医生会和阿比、梅根留在住处，直升机团队一旦发现邓巴，他们就会驱车前往。酒店里也有很多事够他们忙的。近在眼前的董事会会议有不少问题要他们处理，收购股份需要的信贷支持必须打点妥当。与此同时，光是遮掩和中国方面交易的最新数据就要费不少思量。要是这些大买卖在市场上走漏了任何风声，那姐妹俩收购之前股价就会飞涨，甚至会有知晓内情者比她们开出更高的价格也说不定。替科尼桑蒂暗中运作的确是种享受，只是少了那两千五百万"叛变费"让鲍勃医生觉得有点美中不足。

　　他要确认阿比和梅根完全睡着了再打电话给科尼桑蒂。幸运的是，阿比太累，没有召唤他去房间，而梅根对赫苏斯满是肌肉的抚弄极为饥渴。她并不掩饰这种渴望，从公共墙上床头的撞击声，以及她同时表现欢畅和惊惧的呼喊，虽然略嫌浮夸，但听得出她还意兴正酣。梅根不再需要他的陪伴，自然对鲍勃医生是种解脱，而且他也理所当然看不起那位聒噪的、傻头傻脑的替代者，可他也很惊讶自己居然会如此嫉妒。两个姐妹都是属于他的。他受不了这两个女人是另一回事，他也的确马上会背叛她们，但这并不构成她们不再渴望他、依靠他的理由。背叛已经变节的人根本没有满足感。就像《远离尘嚣》中那只着了魔的牧羊犬，它本来是打算把自己这一小群绵羊赶下悬崖的。不管目的多么扭曲，它依然认定自己的基本功很说得过去，不想因为自满放松让猎物随便走丢。

　　他为什么要把自己比作电影里的牧羊犬呢？说起来，白天倒是的确见过几只这样的狗。或许是那两粒氯硝西泮让他的思维松弛下来，昏昏欲睡之中变得更会联想了，但仅仅是意识到这一点又给了他一轮新的焦虑。他怎么会如此幼稚呢？科尼桑蒂已经不再需要他了：对方已经知道了交易的时间，准备好了要截和；他已经把价值连城的细节一个接一个地拱手赠出——姐妹俩用的银行、最不愿冒险的董事会成员、"鹰石"之后会背多少债务、负债的具体条件是怎样的……他居然半点疑虑都没有地把一切都透露给了科尼桑蒂，简直不可思议！而且，最糟糕的是，他的敌人——他现在已经开始把科尼桑蒂看作敌人了——知道他已经不可能重新投靠那对姐妹。他能怎么说呢？"我本来要背叛你们的，但现在看起来我要投靠的那个人马上要背叛我了，所以我又要背叛他了。"这段自荐显然赢得不了几分信任。

那只该死的猫头鹰，又在叫了！牧羊犬正赶着坠落的绵羊，入眠。猫头鹰和牧羊犬飞过月亮，或坐筛子出航，或坠落山巅。他们都是从山巅坠落的入眠的绵羊，穿过陡峭的灰色虚空，坠向无尽的睡眠。

邓巴醒的时候天还是黑的，月光尚算皎洁，他看得清自己呼出的水汽在苦寒的空气中消散。他意识到自己跟西蒙一样，双脚没有知觉了。显然，只要住在此处，这就是难免的。这里只是一处凹陷的山壁而已，算不上西蒙口中的山洞，但它有横出的岩架遮挡，也还能遮风避雨，而且地势朝下倾斜，所以比周围更干燥。

以前有个叫亨利·邓巴的人，他极为熟悉全世界一些最热门的地产，对它们的傲人和不足之处都了若指掌，但那个人此时已找不到了，像被太阳晒褪色的窗帘上的花纹那般熟悉却难以辨认。真的邓巴是这个快要冻死在岩架下的男人，麻木的感觉从双手双脚正朝他的心蔓延；他的心脏从未像此时一样勃力输送血液，也从未像现在这样有如此多的感触，但很快它就会在这冰冷的山坡上停止跳动。

"西蒙！"他喊道，"西蒙！"

没有听到回应。邓巴坐起来，冷得连寒战都打不出来。他哆嗦着从大衣的内口袋里找到手电筒，照了照这个山坡中的凹陷处。什么人都没有。西蒙去哪儿了？他是个信教之人，不会就这样抛弃邓巴的。他一定是去求救了，或者去拿藏在附近的食物。可他要是再不赶紧回来，邓巴就会在这可怕的黑暗中死去，死在孤独和未被原谅里。

弗洛伦斯醒的时候心怦怦直跳。她的父亲此时处境危急，她可以感觉到父亲的生命正从他身体中流出，流入饥渴的大地。她梦见父亲正在一个岩架之下，快要被冻死了。虽然离天亮还有一个半小时，她开始穿衣服。警方和登山救援队的行动会从黎明时分开始。他们有一架直升机，而弗洛伦斯也会自己坐一架跟在后面。

弗洛伦斯不相信自己，马克并不怪她，但她对此丝毫不加掩饰还是让马克有点伤心。他没法说服别人自己已经正式与妻子为敌，而不是在替她刺探情报，因为一旦缺了某些关键信息或不可回头的风险，诚实与欺瞒的外在形式并无差别——都不过是狂热地坦陈心迹。他很想递上一份实在的自我牺牲或左右局势的礼物，但他和阿比冷战多年，对后者的安排和计划一无所知已经很久了。两人的行程偶尔也有会聚的时候。坐在豪车里去慈善晚宴或是颁奖典礼，一路上他们可以半句话都不说，回程也不会交流所见所感，一路无声地回到他们的大公寓。这公寓的体贴之处就在于它将空间分散在三个楼层，马克的几个房间在底楼，旁边还有厨房、泳池、健身房、影视厅和几间客房，而阿比住在顶层。中间那层都用来放松娱乐，马克几乎从不会在那里出现。如果两人不得以相聚在圣诞节、复活节，或是夏天在"自家的湖"共度一周，他们所表现出的厌烦是如此相像和老到，就如同联合国会议大厅里敌对国的代表在听对方发言的同声传译。

两人已经如此遥远，再谈什么分居似乎也没有多大意思。马克的家产历史太悠久了，遇到阿比的时候大部分已经烟消云散；但阿比看中他的出身，而他看中阿比家财万贯。马克的祖先之一（第一位马克·拉什）曾是坐"五月花号"穿过大西洋的清教徒。当他身着那套阴森的黑衣，在吱呀作响的甲板上跌来倒去，喃喃祈祷和叱骂自己家人的时候，他哪知道自己乘坐的是人类史上最合风尚的航线之一。相比之下，克莉奥佩特拉那艘在香风中慵懒的画舫[1]不过是一件带些异国情调的玩物罢了。那位"五月花号"乘客的曾孙试过在曼哈顿种田，只能算小有所成；他的孙子看透传统作物回报有限，开始在那些田地和果园中收割街道和广场。拉什家的运势在 19 世纪末达到顶峰，但积累的财富尚经得起好几代人优雅的管理不善和（变成最为风光的家族之后）昂贵的离婚协议。

阿比·邓巴二十三岁时认识的这一代马克·拉什，是一位软弱但帅得不由分说的单身汉，正经接受过一流的教育，结识很多一流的人物，继承了一幢在哈德逊河畔暂且还不用卖掉的大房子。

---

[1] 莎士比亚在《安东尼和克莉奥佩特拉》中描绘安东尼第一次见到克莉奥佩特拉时的场面，后者坐的那艘船香得连吹过的风都像染了相思病一样会流连。

这些品质似乎让阿比很称心，很快就决定自己宁可成为一个"拉什"，也不想嫁给什么法国或意大利的伯爵，或者成为英格兰某个继承人的妻子，刚过门就得操持着翻新继承的那幢糟心宅子三英亩大的屋顶。

　　尽管一开始两情相悦，但是马克的婚姻很快就失去了活力，最终在发现阿比不能生育后正式熄灭。在那之后，虽然两人性格里都绝非随便之人，还是同意伴侣想干什么就干什么。本该是诉诸宽厚的事，在这段婚姻里主要是冷漠和投机在起作用。马克经常飞到南卡罗来纳跟朋友们狩猎鹌鹑，并带上多年来的情人明迪。明迪家的财富流失得比马克家更无可挽回，已可算作穷苦，但有明迪在身边，马克常能忆起更单纯的童年。那时，父母的友人会带自己的孩子来家中伴他玩耍，他们会在花园或儿童室里消磨时光。明迪是这世上最让他觉得自在的同伴。

　　这种状况即使无止境地延续下去，马克也无所谓，阿比把他的盲目安逸打乱了——她绑架父亲，把他关进了疯人院。这样做就是不对。马克自己的祖父也是个脾气暴躁的独裁者，后来也变得行事古怪，连最基本的事情都记不住，于是家人把他赡养在纽约州北部的一幢老房子里，因为这是对的做法。遇到这样的局面，你要做的就是累积一大堆让人津津乐道的祖父趣闻：有一次他开车睡着，冲进邻居的牧场，把别人的一匹拿奖的赛马撞死了；有一次他穿着那件从伦敦腾博阿瑟[1]买来的加厚丝绸睡袍，非要爬上

---

[1]　Turnbull & Asser，创立于 1885 年的伦敦服装品牌，以定制男式衬衫著称。

屋顶，跟老门房哈罗德一起清理檐槽；有一次他朝一个邮递员开枪，因为他以为自己发现了一个日本兵……纵然做正确的事要劳累一些，但这样的趣闻都是无价之宝，完全是值得的。

有些事，不对就是不对。这种冲动一部分是正义感，一部分是家族传承，一部分是长年累月对妻子的厌恶终于爆发，让马克挺身而出，想要帮忙救援他的老丈人。那位大家长，说到底，也是他们所有人能如此衣食无忧的原因。只可惜他帮不上什么忙，马克遗憾地想着，拿起电话订了份早餐。他想把这些烦心的事告诉明迪，她一直会有很棒的想法和实用的建议。但现在打电话过去还太早，还不如先叫一份水煮蛋加腌鱼送到房间吧，他很久没吃过腌鱼了。

阳光潜进那个凹陷处时，邓巴正蜷在他那件巨大的外套中，整个人快要结冰了。光束落在他脸上未被盖住的部分，有微弱的暖意，还有被点亮成粉色的眼睑，这零星的热量让他知道自己还没有死。

过去几个小时，他的精神世界里有过些什么，邓巴讲不出来，不过他相信其中并不包含睡眠，那只是一段连休息都算不上的空白。

他试着睁开眼睛，眼睑扑闪一会儿之后，终于可以眯起朝这个浅浅"山洞"的洞口看了。似乎有个人蹲在那里。

"西蒙？"

"我在。"

"你刚跑哪里去了？"邓巴虽然声音很轻，但听起来依然是焦急的训斥，"我昨晚差点死在这里。恐怕我已经没有力气再动了。"

"没事，"西蒙说，"我们这就离开这儿。我是过来带你去一个更好的地方的，这里只是为了能有个挡风的地方过夜而已。农庄里有热腾腾的食物在等着我们，一英里都不到。我就是被派来接你过去的。"

"我动不了。说实话，我真应该昨天晚上溜走的。"

"下回再溜吧，现在你需要的是早饭。'凡事都有定期，天下万物都有定时：生有时，死有时，栽种有时，拔出所栽种的，也有时。'《传道书3：1》。"

"知道，知道，"邓巴不耐烦地说，"这段他们葬礼上经常会念。拉我一把，行吗？"

西蒙把他扶了起来。邓巴摇晃着挪动脚步，努力在找平衡。

"我站都站不住，"他抱怨道，"啊，我的脚，我的脚上刺痛，就像靴子里钻满了蝎子一样。啊，我的脚，真是要命了！"

"好现象，说明血液在流通，你的脚趾都保住了。来吧，这边走，"西蒙说，缓缓起步，"要转个弯，农庄就在山脚下。"

"那里有人在等我们？"邓巴问。

"对啊，所有东西都准备好了。"

邓巴一只手搭在西蒙的肩头，一瘸一拐朝前走。他发现走路已经耗费他所有的注意力，已经没有心思再说话了。西蒙善解人意地配合起邓巴的精神状态，两人都默默地只管前行。

J完全就是个王八蛋，凯文觉得，J还是个蠢货，蠢到头了，居然和那女人折腾了一整晚，出来吃早饭的时候像个僵尸，而且还是个满面春风的僵尸。这事他们都干过，显而易见。凯文也干得她死去活来，那个要不够、叫不停的骚货，但他从来不会在第二天有大任务的时候乱搞。现在为了不让J眼皮粘在一起，只能给他两粒莫达非尼[1]了。在鲍勃医生面前，最乱街区里最嚣张的毒贩子也会像个戒毒中心的牧师，因为他不但你要什么给什么，还会附赠好多你听都没听过的东西。但这次要等他们回美国，鲍勃医生才能补充弹药，而凯文吃起莫达非尼从来都像是抱了桶巧克力豆的孩子一样。他喜欢自己紧张、犀利的状态，不喜欢松弛下来，所以J不停地榨取他的储备让凯文非常生气——他妈的王八蛋！

"嘿，凯文，"J回到大堂，已经穿戴好了行动的装束，把背包扛在肩上，"我感觉好多了。说真的，我感觉棒极了。"

"真的吗？"凯文说，靠近J，压低了声音，"会不会是因为你他妈抢了我最后两颗兴奋剂？"

凯文还剩八颗，刚好只够他吃到回纽约。

"我还以为那是我们俩一起用的。"

"它们是由我来按需分配的。"凯文说。

"好像一直是你需要，对吧？"J开玩笑道。

"别他妈质疑我的指挥，"凯文凑近J的耳朵，咬牙切齿地说，"你可能刚刚和老板搞到一起了，但在这个小军队里我依旧是你的长官。"

---

[1] Modafinil，觉醒促进剂，主要用于特发性嗜睡或发作性睡眠症。

"是，长官。"J说。

凯文嗑药嗑得太多了，分辨不出J的顺从是不是带着讥讽，但不管如何，酒店的大堂都不是教训下属的地方。

两人走出酒店，穿过马路就是体育场，吉姆·萨奇和直升机已经等在那里。他正和一个女士聊天，她套着一件大衣，戴着围巾。

"早啊，小伙子们，"吉姆说，打开直升机的舱门，"欢迎登机。我正在跟这位太太解释，我们是因为要展开救援行动才紧急降落在这里的。"

凯文一言不发地挤进了直升机。

"嘿，吉姆，好兄弟！"J说着给了这位叔叔辈的飞行员一个特别阳刚的拥抱。"没错，夫人，"他转过来对这位当地的女士说道，"我们有一条性命要救呢。"

他的双眼突然泪光迷蒙，然后出奇用力地捶打了几下自己的胸口。

"满满的爱。"他深吸一口气道。

"我都要吐了，你他妈快给我进来。"凯文说。

可怜的亨利，威尔逊想着，没有谁比亨利更不适合参加这个自我认知速成班了，更何况是到了这个岁数强行让他参加。理查二世 [1] 怎么说来着？"我是天生发号施令的人，不是惯于向人请求

---

[1]　理查二世（Richard the Second，1367—1400），1377年登基成为英格兰国王，1399年被废除王位。

的"[1]？这句话用来概括老邓巴最合适不过，虽然他自己最喜欢说的一句是："你只管实现它！"只有命令，没有评述。或许，理查的那句话应该说成："我生来不是为了指挥，而是为了评述。"——完美表述自己的悲惨处境，从而瓦解改变现状的动力，这个问题从来没有困扰过亨利。实际上，他永远都活在未来；他朝前冲刺的速度太快，一路上发生了什么自己连个大致印象都未必有，更无须用辞藻消磨旅程的单调了。目标始终清晰，只是围绕目标的那些经历有些朦胧罢了。不管此时亨利在哪儿，威尔逊只希望他有幅地图。只要他有地图，他就有了目标；只要他有目标，他就能抵达。

听到敲门声，威尔逊起身开门。他没有细想，以为是弗洛伦斯或者克里斯，但很快就顺从眼前的现实，将马克迎进屋。

"哇，这里看巴特米尔真是美不胜收，"马克说着朝威尔逊房间的飘窗走去，"可能我们还要感谢阿比推荐了一家迷人的酒店。"他说完还故作轻松地笑了笑。

"你过来是想说什么？"威尔逊问道。

"我刚才跟我的朋友明迪聊了聊。"马克说。

"明迪我认识。"威尔逊说。在马克的平行婚姻中，这个女子已经当了他十年的妻子，"朋友"这个称谓让威尔逊有些生气。

"是这样，她刚刚提醒了我几周前告诉她的一件事情。你比谁都清楚，在这个家里，大数目进进出出最正常不过，所以我告诉

---

[1]　出自莎士比亚历史剧《理查二世》，朱生豪译，略有改动。

明迪之后就忘了。"

"然后呢？"

"那天我正好在阿比的书房，我不是去窥探，只是在找一个墨盒——这不重要，我看到她桌上有个便笺本，上面写着'6.5'，然后画了一个箭头，指着一个大写的字母'B'。总之，我有种感觉，只是感觉而已，她要给鲍勃医生打一大笔钱。"

"的确如此，"威尔逊说，"这件事我们已经知道了。那笔钱是公开的。他会加入董事会，除了董事会成员的正常所得之外，他还作为邓巴的私人医生得到了一份'多年尽心奉献'奖金。"

"啊，"马克说，"原来你都知道了。"

"董事会里大部分人都跟我关系不错，所以有什么最新进展我都清楚。如果你有鲍勃医生违背医德的证据，那才有用，我们就可以证明，他的'尽心奉献'给的不是邓巴，而是阿比和梅根。"

"这东西我怎么可能拿得到？"马克问。

"你可以再咨询一下你的朋友明迪啊。"威尔逊把垂头丧气的马克往门口引，"弗洛伦斯起飞之前我还有几句话跟她说。我们有架直升机过来帮忙找亨利。"

"我能一起去吗？"马克问。

"直升机上只有三个座位，它只会跟着警方，这样就不用等他们把人找到了，我们再急忙赶过去。弗洛伦斯和克里斯会一起跟着。我们觉得还是不能把飞行员赶下去，"威尔逊说，"即使是为了你。"

阿比看着吉姆的直升机朝纳丁飞去，消失在山谷中。要是运气好，她想，最好他们发现父亲的时候，他已经死了。这是最简单明了的解决方案。追踪耗费了太多时间，此刻她们实在应该已经回到纽约，为公司创立以来最重大的时刻做准备：让邓巴信托退市，把这个星球上最强大的传媒机构之一完全置于她们的掌控之下。老邓巴该走开了，不要再恋栈权位，不要再阻碍一件他真正应该感到骄傲的事——两位大女儿夺走对公司的掌控。一切都安排好了：百分之三十的员工会被建议重新构想他们的未来，感情用事的那些职位会被廉价出清，整个公司会变成一台印钞机，她们会收管所有权限——这本来的确是父亲挣得的，他也一直小心提防着，从来没有下放过。周四，她们就会让董事会通过决议。董事们都明白，交易结束之后，他们的财富会增长不少，把一些法律文件签完就可以回家了。要是他们敢向外界透露只言片语，那就是给自己找大麻烦。

阿比听见身后桌上手机咕隆作响，她瞄了一眼，电话是哈里斯医生打来的。她现在最不想跟这个人说话，但官方有什么重大消息可能会最先通知他——最好是发现了她父亲的尸体。

"你好，哈里斯医生，我能为你做什么？"

"拉什太太，现在你最该做的就是给警方打个电话，跟他们说你会全力配合办案。"

"配合办什么案？"阿比问，"调查你有多失职吗？"

"调查你对皮特·沃克的自杀需要承担多少责任。"

"自杀？"

"是的，我很遗憾地告诉你，虽然我们采取了所有预防措施，皮特今天凌晨还是在淋浴房里自缢了。他的死不但骇人听闻，而且本来完全不该发生，我绝对不会让你逃脱罪责的。"

"你还不让**我**逃脱罪责？"阿比瞬间怒不可遏，"是我让一个痛苦的酗酒者从疗养院逃脱的吗？是我让他拖着我年迈而且——毋庸讳言——身份无比尊贵的父亲一起出逃，让两条性命堪忧的吗？我们只能祈祷找到我父亲的时候他还活着，否则你的罪行就是屠戮**两条**生命。你尽可以把对我的控诉落到白纸黑字上去，哈里斯医生，这样我就可以告你诽谤了。"

"放心，我已经有白纸黑字了，拉什太太，罗伯茨护士也一样——"

"那个蠢婆娘！我等不及放一窝皇家法律顾问咬死她——"

"拉什夫人，皮特跟我们说了你对他做过什么，"哈里斯医生打断她，语气平静而明确，"我们毫不怀疑他说的都是实情。皮特的确有酒瘾，但他是个极其聪明的人，而且毫无精神错乱的症状。"

"真是见了鬼了，他的错乱还不够有名吗？"阿比说，"一个不能用自己声音说话的人——除了哭的时候。"

"我明白这方面你的确很有发言权。"

阿比挂断了电话，把手机丢在桌上。

"该死！"她声嘶力竭地吼道，"该死！该死！该死！"

为什么会发生这样的事？她那么接近一场伟大的胜利，她到底做了什么，要用这种乌七八糟的事来惩罚她？真是**太**不公平了！

邓巴踩到了一些松动的石头，没站稳，差点摔倒。

"能好好选条路吗？"他朝西蒙抱怨道，"这里太陡了。我在平地上都动不了，你给我们挑的这个山崩一样的路我怎么走？"

自从一年前达沃斯那次愚蠢透顶的事故，他最怕的——或者说最怕的事情之一——就是摔倒。把世界上最重要的人召集到一起，再把他们往滑雪胜地1月份结了冰的街道上赶，本来就不是什么好主意；说是开峰会，或是他们爱用的那个词"论坛"——说实在的，完全用错了，因为论坛都是在公众的广场或集市上，从来不需要那些特别的邀请函或者人人觊觎的白色标牌。他那天到达沃斯比预定时间晚了两个小时，正匆匆赶往一个至关重要的会议——一个"非论坛"、幕后会议——也是唯一有意义的那种会议。他走在通往小木屋的路上，雪花一直在轻柔地拍打他，照理说下雪倒是好事，只不过有些热爱"论坛"的支持者把路上新下的雪都铲走了，只剩黑黢黢的冰。邓巴大步走着，快到门口时却摔了个四脚朝天，头都撞在地上了。他一下颜面尽失，而且就在这个政治圈最会经营面子的商人面前。就因为着迷于守时，结果他在医院里损失了六周，而且他花了一年时间铺垫的卫星转播合同也付诸东流。之后一切都变得有些不同了。那是他真正跌落的开始，过去的一年都是他慢镜头一般的跌落。此时在这太容易打滑的山坡上，他正努力避免给这次跌落一个致命的终结。

"今天你好像没什么可说的嘛。"邓巴说，抓着西蒙肩膀的手更用力了，"我都不知道这么远的路你是怎么走下来的。"

要是他的抽筋和腱鞘囊肿再糟一些，他就真的无法挪动脚步了。现在他已经完全效法起西蒙独特的步态，整个人像要被压垮一样，屈膝的程度都像是再也无法应付接下来的那一步。要是疲惫真能完全压过自己的恐惧，他很愿意躺倒死在这里，但此刻恐惧压倒了疲惫，他只能继续前行。

在他眼里，周遭的风景似乎散发出一种流云才有的柔韧和引人遐思，但它所造出的形象似乎寥寥无几，才不让它的变幻太过狂野。邓巴只发现了一个个蜷伏着的动物，身上有白雪的斑纹，头抬起，嘴往前探，手脚要么伸在外面，要么埋在地底，让它出击时更有致命的力道。他左侧是刻克耳柏洛斯[1]那可怕的脑袋，或许一阵乱石滚落，或是一具身体坠地，便会把它吵醒；它圆滚滚的蛇尾化作山势，正隐藏在几百码之外，但随时会在邓巴满是瘀青的脚掌下现形。从右侧山体上插起的是斯芬克斯[2]伸出的四肢，狮爪牢牢扎在土地中。邓巴没有勇气回头看那匹白色背脊的狼，它正张大嘴巴等流动的山石掀起最后一浪，以便借势扑来撕破邓巴的喉咙。他真的要快点赶到西蒙说的农庄去，据说山路一拐就到了，就藏在这不断塌陷的、要吞噬他的风景之后。他只希望西蒙不是在瞎走，把他引到某条歧途上。这个牧师今天出奇地沉默。提醒一句，邓巴是很习惯别人在他面前不敢说话的，其中甚至包括总统和首相。他们都在盼着邓巴的恩赐："我之前对你的政府有所质疑，直到你开始朝恐怖分子开枪……我明白你的策略，总统先生，你可以放心，我们一定支持……你的成就，恐怕只是把个

---

[1] Cerberus，守卫冥府入口的有三个头的猛犬。

[2] Sphinx，带翼的狮身人面怪，传说常叫过路行人猜谜，猜不出者即遭杀害。

人债务危机转化成了公共债务危机。"

"等一下！"邓巴突然被惊出了他的遐想，从头到脚都恐慌起来，"你有没有听见空中'突突突'的声音？快躲起来！快跑！"

他松开西蒙的肩膀，用那饱经摧残的双腿朝最近的大石头踉跄着狂奔，希望能把自己藏起来。武装直升机正在迫近，舱门打开了，机枪已经架好。再过一会儿，他的背上就会布满弹孔，从肩膀到肾脏拉开一条大大的口子。一股不寻常的能量突然接管邓巴衰朽的身体。脚下时而有乱石凸起，时而又是泥泞洼地，但一种兴奋莫名的恐惧让他觉得自己好像有了足不点地的轻身功夫。天上声音越来越响，到巨石边上的时候他并不清楚直升机的具体方位。等呼啸声扫过头顶，他背靠大石蜷缩起来，把头埋在双腿之间，祈祷自己没有被发现。

虽然临近黎明的时候他睡着了一会儿，但自己岌岌可危的养老方案让鲍勃医生满心愤怒和焦虑，几乎才合眼就又醒了。连续三晚严重失眠之后，他满脑子都是垂直的下坠、盘旋的降落，还有飘忽的鬼影。他已经背叛了邓巴，又背叛了与他同谋背叛邓巴的那对姐妹，但到头来他在这场背叛的比拼中输给了科尼桑蒂。他的财务安全受到了威胁，权谋之术上的自负备受打击，两道彼此矛盾但同样汹涌的洪流争夺着他的思想，一道是疲惫不堪，一道是杀心四起。只有一件事他是肯定的，就是他必须做一件变态的事情，比他那些彻底变态的对手还要变态，只是制定其中的细节比他预料的要麻烦得多。

　　用阿比和梅根背叛科尼桑蒂太危险了，这一点他已经看清，因为要这样做就必须暴露他本来打算背叛她们姐妹。他无奈之下瞎琢磨，觉得可以先帮助弗洛伦斯找到她父亲，然后给她递一封匿名信，提醒她联讯会对邓巴信托出手。老头儿应该会有办法重整军力、击退敌军的。至少董事会能把科尼桑蒂的如意算盘砸烂，并且破坏阿比和梅根的计划——现在他对两姐妹恨之入骨，不管接下来发生什么，他无论如何要确保她们不能成功。

　　从国王头盔酒店的餐厅看出去，鲍勃医生发现了乔治。这个忠心的老臣一直在热切和恭敬地打听邓巴的情况，这把阿比惹恼了。过去三十多年，只要邓巴在欧洲，都是让他开车。如果能让他觉得某件事是为老头儿做的，应该很容易就可以说服他帮忙。

　　"能听见吗？"克里斯对着耳机上的麦克风说。

　　弗洛伦斯微笑着点了点头。

　　"好，飞行员说话用的是另一条线路，我们聊天儿没人会听到。如果他需要跟我们说话，会提醒我们的。"

　　"那就好，"弗洛伦斯说，"因为除了我们之外，我不希望有其他人知道我跟吉姆商量好的事情，可能会给他惹麻烦。"

　　"明白，"克里斯说，"用手机尽量低调一些，严格意义上来说，飞行员是禁止乘客使用手机的，虽然手机信号并不影响他的驾驶。"

　　弗洛伦斯又点点头，伸过手去握住了克里斯的手。

　　从酒店门前草坪起飞的时候，直升机略微朝后仰，然后沿着一条弧线从湖面上掠过。

　　吉姆觉得自己好像看到了什么，还好凯文和 J 正忙着斗嘴，没有注意。他不可能冒险再绕回去确认，直接就把方位用短信发给了弗洛伦斯。他之前答应让弗洛伦斯有五分钟的领先优势。

　　"你知不知道一个叫'亚当之蹴'的地方？"克里斯问飞行员。
　　"他听不见你说话。"弗洛伦斯提醒他。
　　"对对。"克里斯说，微笑着拍了拍飞行员的肩膀。
　　"我联系警方。"弗洛伦斯说。
　　克里斯点头，示意飞行员把耳机打开。

　　"快，我们要出发了。"阿比疾步穿过餐厅，朝鲍勃医生拍了几下手。梅根跟在她后面，戴着墨镜，打着哈欠，"吉姆给我发消息，说发现爸爸了。"
　　"终于听到了个好消息。"鲍勃医生说，跟着姐妹俩到了酒店门口。
　　"带我们到'亚当之蹴'。"阿比钻进路虎的时候吩咐乔治。
　　"开足马力。"鲍勃医生坐到副驾驶的位子上，跟乔治说道。

　　"我说，吉姆大哥，"凯文说，"我们在找的是一个做生意的八十岁老头儿，不是参加奥运集训的马拉松运动员。掉头。"
　　"你说的大概是对的，"吉姆说，"他应该没走这么远。"

"我说的当然对，蠢货。"凯文说。

吉姆朝五分钟前他觉得可能看到邓巴的地方转回去，飞了个十分悠闲的大弧线。他方才通知了阿比，但没让这个满嘴污言秽语的雇用兵发现。他心里只是希望弗洛伦斯能早一步赶到。

邓巴在口袋中摸索一番，终于找到了自己的瑞士军刀。他的手已冻僵，指关节肿起，但还是把最大的那把刀掰了出来。他握住刀柄，朝空中刺了两下。一旦被抓到，他要跟他们其中一个同归于尽。他一定会战斗到最后的。他是亨利·邓巴，只要是跟邓巴过不去的，必定要付出代价。

他侧身从大石头的边缘探头张望，疑惑西蒙到哪里去了。底下的山坡和山谷中都空无一人。他知道自己对时间的判断力出了问题，但还是真心讶异于西蒙似乎在几分钟之内就消失得无影无踪。也挺好，西蒙是神职人员，估计搏斗起来派不上什么大用场。

"跟我女儿的专业杀手，"邓巴喃喃道，"来一场正面交锋吧。"

他竖起耳朵。他们来了。他可以听见螺旋桨抽打空气的声音。

"开错方向了，你这傻瓜！"阿比喊道。

"哦，天哪，"乔治说，"你确定吗？我真的很抱歉。"

阿比给梅根看自己的手机，上面跳动的蓝色的点代表他们的位置，的的确确是离目的地越来越远。

梅根之前一直昏昏沉沉的，突然激动起来。

"给我下车！"她说。

"我很抱歉。"乔治说。

"滚下去！"她尖叫道。

"怎么了？"乔治问。

"我来开，你这蠢货。"

乔治停车，忧心忡忡走了下来。梅根把他推开，进了驾驶座，用力拉上门。

"我要把这混蛋撞翻。"梅根说。

"不行，"鲍勃医生说，把手刹拉了起来，"我不允许。"

"你什么？"梅根大笑道。

"哦，梅格，"阿比说，"他可能也有点道理。我忘了跟你说，那个叫皮特什么来着的糟糕的喜剧演员，他自杀了，可能会引起一些法律上的麻烦。"

"你忘了说？"鲍勃医生问道。

"唉，要操心的事太多。"阿比说。

"好吧，好吧，直接走吧。"梅根说。

鲍勃医生松开了手刹。

"我跟你说了别往他身上放火。"鲍勃医生说。

"得了，别总啰唆这件事了。"阿比说。

他还没来得及答话，梅根飞快倒车，碾过乔治的脚，换挡之后又碾了第二遍。

"哎呀，不好意思！"她娇柔地道了歉，外面传来乔治痛苦的尖叫。

"天哪，梅根！"鲍勃医生说，"让我下车。"

"干吗？"

"检查一下他被你伤成什么样了。我是医生，怕你忘了。"

"怕**我**忘了？"梅根说，"亲爱的，你可没有发过什么《希波克拉底誓词》[1]，你发的是'希波克利特'[2]誓词，我是怕**你**忘了。"

她加速朝前开走。

鲍勃医生回头看了一眼躺在路边的乔治，他紧紧握着自己的小腿，不让被碾碎的双足着地。乔治已经完成了自己的使命，只要运气不算太坏，弗洛伦斯应该拿到了时间上的优势。但不管怎样，这些暴力都是如此的没有意义，完全体现了他正和一对怎样被宠坏了的幼稚鬼合作。梅根残忍的孩子气每每留下这样的局面，之后还得他回来清理。鲍勃医生心里又涌起一波对这两个女人的憎恶，她们就是这样被带大的，觉得不管自己闯什么祸都会有人替她们打扫干净。他听到一声轻轻的铃声，有消息进来，把手机从口袋里掏出，他低头看了眼屏幕。

"很高兴地向您汇报，钱款已成功到账，对于延迟，我们十分抱歉。致意，克里斯托弗·李希特－古拉格。"

好吧，耐心向来不是自己的长项。现在他和科尼桑蒂的联盟又恢复了，还好他没有犯什么决定性的错误。一切都可挽回，虽然科尼桑蒂正盼着邓巴已经被干掉，而不是能在董事会开会之前

---

[1] 医学誓言，是古希腊"医学之父"希波克拉底（前460—前370）警诫人类的古希腊职业道德圣典，是向医学界发出的职业道德倡议书。

[2] Hypocrite，英文中的"虚伪的人""两面派"，音近上文希波克拉底，Hippocrates。

赶回纽约。

只是他现在脑子太乱了。或许他可以直接警示邓巴。不用把所有事都告诉老头儿，只要能让梅垠和阿比一败涂地就行。一旦科尼桑蒂成了最后的赢家，那两姐妹的确会失去权力，但她们手持的股票会大涨，钱更花不完了。他想要看这两个人被毁掉，承受无穷的屈辱。此时他心中的恨意很可能是他活到现在最真切的情感了。他的养老计划中不能只有钱，还应该包含这姐妹俩的悲惨结局。

弗洛伦斯在积雪和蕨丛间往那块巨石走去，她知道父亲正躲在后面。

"亨利？"她喊道，"爸爸？我是弗洛伦斯。"

她已经能从大石头上方看见邓巴的半个脑袋了。

"我是弗洛伦斯。"她重复道。

邓巴缓缓现身，他的白发黯淡、污秽，一脸的胡子，人很消瘦，大衣上挂了不少泥土，右手举着一把袖珍折刀。他惊愕地看着弗洛伦斯，不明白自己看到了什么。

"我是来照顾你的。"弗洛伦斯说。

折刀还握在手里，但是他把手臂放下了。

"可我做了那样的事。"邓巴说。

"可你也经历了这样的事。"她说。

弗洛伦斯走到可以伸手碰到父亲的距离。

"我们一定要把西蒙也带上，"邓巴说，眼里都是泪水，"他受了很多苦，我们要帮帮他。"

"我们会的，"弗洛伦斯说，"他在哪儿？"

"我说不上来……我比以前更容易迷糊了。他刚刚还在这里。"

"先跟我们回去吧，警察会找到西蒙的。"弗洛伦斯说。

"我们不能任由他死在这里，"邓巴哭着说，"你一定要找到他。"

"我们会的，"弗洛伦斯说，"不用担心。"

"我这段时间总是特别担心。"邓巴说。

"我知道，爸爸，"弗洛伦斯说，"不过现在没事了。"

邓巴松开手，折刀掉在地上。他朝前走了几步，把双手搭在弗洛伦斯的肩上。

"我们给你带了一副担架。"

"我觉得要是你扶我一下，我能自己走。"

弗洛伦斯揽着父亲的腰，他搂住女儿的肩膀，两个人慢慢地在一块块积雪和冬天棕色的蕨丛间朝等着他们的直升机走去。

13

"他睡着了，"克里斯说着从邓巴的卧房出来，走进飞机的主舱，"医生说他很乐意跟我们去伦敦，但他的护照还在凯西克[1]，所以去不了纽约。他认为，考虑到亨利经历了什么，他的身体还算可以，就是很容易产生幻觉。"

"不管怎样，都应该让他尽量多补觉，"弗洛伦斯说，"我们真的非得去伦敦转机吗？"

"相信我，一切都仔细盘算过了，"威尔逊说，"我已经说服了几位律师赶到范堡罗机场[2]去，亨利连床都不用起。只要我们行动够快，把一些法律上的程序走掉，应该可以让我们在对付你两

---

[1] 英国坎布里亚郡的一个集镇，人口不足五千。

[2] 位于英格兰汉普郡的机场。

个姐姐的时候有很大优势。然后他就又能睡觉了。只要半个小时，他就能挽救自己花了五十年心血打造的公司。你那两个姐姐真的是恶人，警方正要找她们问话。有个人自杀了，就是那个喜剧演员，皮特·沃克。"

"我的天哪，"弗洛伦斯说，"他自杀了？不是一直有人在观察他的吗？"

"没有防住他在浴室上吊，"克里斯说，"他拔了电视机的电线，藏在腰间。"

"我想，一个人真的想做一件事，总能想到办法吧。"威尔逊说，"说到我们想做的事情，之所以要律师们到伦敦跟我们碰头，其中一个原因就是跟你两个姐姐制造利益冲突。如果我们请布拉格斯控诉梅根和阿比盖尔，说她们和鲍勃医生串通，把你父亲囚禁在梅豆米德，那他们就不能在皮特自杀这件事里再担任你两个姐姐的辩护律师了，因为我已经把皮特描述成了帮助你父亲逃跑的一个朋友。当两方有利益冲突的时候，先雇用律师的那一方可以让另一方无法使用相同的律师事务所。"

"要是梅格和阿比先跟他们联系了呢？"

"她们还没有，而且现在来不及了。我已经提交了初步申请。"

"这样说的话，既然这方面没问题了，那为什么还一定要去伦敦呢？"

"有些文件，"威尔逊说，"只能放在伦敦：他有个遗嘱是关于他那些非信托财产的，可以改得对你有利一些。信托的确是在特拉华州成立的，但出于过去一些具体的原因，他把个人遗嘱立在了这里。"

"我不想要他的财产，我只想要他好起来。"弗洛伦斯说，"再说，他目前的状况，我不相信律师会同意他改任何东西。"

"你说得很对，"威尔逊说，"这是双赢。如果我们能拿到面上想要的东西，当然很好。我们可以改掉遗嘱，你可以拿到代理权，但如果布拉格斯拒绝我们的要求，我们就坚持要他们提供一份鉴定亨利精神状况不佳的文件。有了它，我就可以提出亨利本来就未必有资格交出自己的权力，否则，如果他精神没有问题，又为什么会被送进一家精神病院。换句话说，这样我就可以制造麻烦，为他的恢复赢得时间。我在董事会有盟友，如果能拿到那份文件，他们会坚持要我出席会议的。"

"所以说，我们要的其实不是我们要的东西？"

"妙就妙在这里——两种结果对我们都有利。"

"半个小时？"弗洛伦斯说。

"应该半个小时最多了。所有的文件都已经准备好，到时会有一整队人过来：一个高级合伙人、几个见证人，还有一个很厉害的美国律师帮忙处理一些国与国之间牵涉的问题——英国代理权到了美国就没用了，所以他还准备了一份美国的授权书。这些一搞定，亨利可以连睡十个小时，一直睡到纽约，醒过来才周二傍晚。这样会议之前他还能休息两个晚上。"

"行，就这么办吧。"弗洛伦斯说。

"我可以告诉机长我们准备好起飞了吗？"克里斯问。

"去吧，"弗洛伦斯说，"飞的时候我就坐在父亲旁边，他可能会醒过来。"

弗洛伦斯走进邓巴的卧房，看到医生站在床尾，双臂交叉在胸前。

"啊，你好，"医生说，"他刚睡着。吃了东西，困意挡不住的，而且他这么久没睡觉了。你是不是想和他单独待一会儿？"

"是的，谢谢你，"弗洛伦斯说，"飞机马上要飞了，你也应该找个位子坐下。"

弗洛伦斯在父亲身边躺下。要是起飞时震动太剧烈，她随时可以抱住他，尽量不打搅他休息。飞机在跑道上加速，然后就陡直地爬升，冲出了曼彻斯特。飞行平稳之后，弗洛伦斯盘腿坐起，后背倚一个小枕头，靠在灰色的皮质床头。她低头时才意识到自己还从来没有这样从高处往下看过父亲的脸。在她眼里，父亲对所有人都该是居高临下的。有一次他生病，弗洛伦斯去洛杉矶看他，邓巴斜躺在高高的床上，背后堆了不少枕头，弗洛伦斯几乎是下意识地在他床边的椅子坐下来，好让她依然可以抬头看着父亲，这才是正常的等级秩序。她还记得四五岁的时候，父亲躺在"自家的湖"一个游廊的沙发上睡着了，胸口还摊开着一本书，她过去满怀爱意地拍父亲的脸，直到母亲轻声喊她走开，不要吵父亲睡觉。时过境迁，她还没见过父亲失了光泽的白发留这么长，常年干干净净的脸上盖着至少长了三天的胡楂。他瘦了一些、老了一些，额头、眼角和松垮的双颊上，皱纹比以往更深了。

自从几个小时之前在那个光秃秃的山坡上找回父亲，她其实还没有跟他说上什么话。在直升机上，她递给他头戴式耳机，他不但不要，还双手紧紧抱头，直往后躲，就像这是一把钳子之类可以用来刑虐的工具。她决定直接把直升机开到曼彻斯特机场，让马克和威尔逊带着行李坐车过来。虽然邓巴一路都在喃喃自语，但他说了什么弗洛伦斯听不到，而她跟克里斯以及飞行员说的话邓巴也听不到。幸亏如此，她得以反复强调要把直升机停在她那架飞机的远端，借此挡住"环球一号"。虽然她的飞机本来就停得够远了，但在那片柏油碎石的停机坪上，随便从哪个角度都看得到邓巴那架亲爱的大波音，只能靠什么东西来挡住视线。"环球一号"一直是父亲最喜欢的玩具。对他来说，这就像一个家一样，一个没有固定地址的家。里面的装潢全是照他的意思来的，书房全贴着让人惊叹的木墙面，地上是淡金色的波斯地毯，书架间挂着夏尔丹[1]和威廉·尼克尔森[2]的静物画。弗洛伦斯还小的时候，最让她不可思议的是那个土耳其浴室。墙和座席上都贴好了瓷砖，她看着那些橘色、绿色、黑色的几何图形隐入水蒸气之中，心里很清楚在三万英尺之下是格陵兰的冰川，或者是新墨西哥州的荒漠。

弗洛伦斯以为如果让父亲看到这架属于他的飞机，又不让他登机，会更让他神昏意乱，可等到把父亲在租的这架"湾流"中安置好，她又觉得刚刚的担心或许是多余的。她想要替父亲阻隔掉的这份困惑，就邓巴的清醒程度而言其实早就不用担心了。他

---

[1]　夏尔丹（Chardin，1699—1779），法国画家，西方美术史上的静物画世匠之一，同时也擅长描绘市民阶层生活的风俗画。

[2]　威廉·尼克尔森（William Nicholson，1872—1949），英国静物、风景和人物画家。

似乎对自己上了一架飞机本身就感到很不解。他一直在问西蒙有
没有安全、皮特是否到了伦敦？弗洛伦斯那时还没有听到皮特离
世的消息，不过她也没有告诉父亲皮特回到了梅豆米德，因为邓
巴似乎无论如何也要见到他。她问到西蒙是谁，邓巴就只会说他
是个信教的人，救了自己的命，另外强调他们一定要确保西蒙安
好，然后"给他一份领钱的差事"。他似乎能明白弗洛伦斯是个好
心人，在他迷路的时候找到了他，而就算他一闪念间明白了两人
的关系，也会反复忘记这关系究竟是什么。

对于那两个帮他逃跑的恩人的命运，邓巴着急得语无伦次，
可等到威尔逊和马克一个小时之后坐车赶来，他的焦虑又变成了
其他情绪。邓巴瞪着威尔逊的眼神里有种化不开的执着，就像他
无论如何也要把这张面孔想起来，似乎终于给了自己一个说法，
又觉得实在荒唐，只好立刻抛弃。

但见到马克，瞬间点燃了他的怒火。

"你！你！"邓巴喊道，指着面前这个一身公子气却已经略
显发福的女婿，"不行！你走！把他赶出去！他也是同谋，把我关
了起来。别想再把我抓走！"说完这几句话，他从椅子上蹿起来，
沿着飞机的走廊一路奔跑，身手出奇敏捷，最后把自己关在了其
中一间卧室里。

威尔逊和弗洛伦斯毫不犹豫地让马克另找一架飞机回纽约。
弗洛伦斯总觉得更让马克懊丧的不是邓巴见到他时的反应，而是
他想到自己大概不得不去搭乘客机了。

"这是自然，"他说，一贯的温文尔雅此时也显得残破了，"亨

利似乎完全迷糊了，真可怜。希望你们能跟他说清楚，我在这里面是怎样一个角色，告诉他我正是因为强烈反对囚禁他，才会出现在这里的。"

医生忙着准备他的听诊器、血压仪、手电筒和反射锤，邓巴悄悄进入了一种神思不属的状态，就好像他眼球中拉起了一块幕布，投影了别的什么故事。弗洛伦斯觉得这飞机、这飞机上的人，和接下来的大小安排，并没有从他脑海中完全消失，但它们就像昏暗影院里的那个"出口"标识，是无论如何不能和电影本身争夺观众注意力的。喝了一点鸡汤、咬了几口面包之后，他几乎立刻就睡着了。

坐在父亲旁边，一只手轻轻地放在他肩头，弗洛伦斯感到宽慰的是她终于可以保护自己的父亲了。她也很不安，因为她太渴望与父亲重归于好，但他在两个女儿逼他开启的这条精神流亡之路上走得太远了，不知道还回不回得来。她一路飞到坎布里亚的荒野中把他找到，但她不知道在心灵荒野中的父亲要如何去找。邓巴一路飞黄腾达，然而，其中没有任何一种经验能帮他承受过去几周——尤其是过去几天——发生的事。这些体验似乎冲垮了他的头脑，让他无力去分析、理解。就像洪水冲刷着岩石地质的大平原，没有坡度疏导，没有泥土吸收，大水抹去了所有熟悉的地标，却没有带来新的生命。在这毫无生机的洪水中，她怎么才能把父亲拉回来？

飞机快要降落到伦敦时，碰到颠簸气流，邓巴在睡梦中皱起了眉头，半睁开眼睛。看到上方弗洛伦斯的脸，他的质疑接近于气愤。

"有没有人跟你说过你长得很像我的小女儿？"相比入睡前的样子，他这问题问得格外清晰。

"我就是你的女儿，"她说，"我是弗洛伦斯。"

"不会的，"邓巴说，"你不可能是她。不过你们长得的确很像。"

他举起手，描画着面前的空气。

"我最近总是没有办法，"他说，手指在脑袋边上乱画，就好像要弄清楚瘀青到底有多大多深，"把我的想法理顺。"

"我明白。"弗洛伦斯说。

"不该走在铺路石的缝隙上的，但其他地方却全都走不了……"他停顿了一下，手指还在摸索，像是盲人在认脸，"……无论如何绝对要避免的事情却是唯一发生的事。"

"我懂，"弗洛伦斯说，"但你现在安全了。"

"安全？"邓巴苦涩地说，"要是你真这么想，那就太笨了。生而为人是坠落，一旦你意识到了这一点，坠落就不会停止。我说的话你能听懂吗？下面没有土地，没有能接住你的东西……"

邓巴所说的弗洛伦斯能听懂，但想不到该如何回答。要说服一个人忘掉某种感受是没有意义的，更何况现在这种感受是一切都不安全，那宽慰他并非如此，听上去也只会像好声好气地要和他争辩。邓巴吃了一点食物，休息了一下之后，似乎更清醒了一些，但这种清醒只是用来让他更好地描述自己的困惑和绝望。弗洛伦斯能做的，也就是和他待在一起，祈祷他能快好起来。

"怎么回事？"飞机降落的时候有些颠簸，吓了邓巴一跳。

"我们到伦敦了。"弗洛伦斯说。

"皮特到了吗？"邓巴急切地问道。

"没有，他留在坎布里亚。"

"傻子，"邓巴说，"我们本来要去罗马喝内格罗尼酒的，他自己说的，说会在全世界最美的废墟中喝酒。是他帮我从那个集中营逃出来的，我们一定要给他找个差事。"

"我们会的，爸爸。"弗洛伦斯下了床。父亲的访客们马上就要到了。因为有些文件要为她而改，她觉得自己应该离场。这其中倒有种很微妙的胁迫人家的意味了。再者说，就算她不在屋里，威尔逊口中的那么多人也没法同时挤进来。

"你刚刚叫我什么？"邓巴说，"弗洛伦斯，是你吗？"

"是我。"弗洛伦斯说。

"我一直在到处找你。"邓巴伸出双臂说道。

弗洛伦斯移到父亲一侧，跪在床边，亲吻了他的两侧脸颊。

邓巴伸手，犹豫着摸了摸弗洛伦斯的头顶。

"你能原谅我吗？"他说，"跟你和你的孩子们断绝关系，把一切都给了那两个禽兽！我是那么傲慢、那么霸道，还有最糟糕的一点，我是那么愚蠢。"

弗洛伦斯抬起头，看到父亲的脸上淌满了泪水。

"原谅，当然原谅，"她说，"我才是那个傲慢的人，我应该很久之前就主动找你的。"

"不是的，"邓巴坚持道，"问题都是我那坏脾气引起的，还有我要掌控一切的习惯。哈！"他短促地大笑了一声，像是摆脱了一些执念。"我现在甚至不能掌控——有时候一个念头像是快要完成，我却已经忘了为什么会想到它。"

"不管如何，我们再也不要闹翻了。"弗洛伦斯亲吻父亲的前额，把头在父亲的胸口靠了一下。

"再也不要了。"邓巴说，疼惜地用双手捧住她的脸。"我亲爱的凯瑟琳，"他难以置信地摇着头说，"我以为自己已经失去了你，可你还活着。"

14

　　弗洛伦斯得手之后，梅根在迷茫和哀怨之中闪过一个很难得的念头：她希望自己的丈夫没有在去年意外亡故。他们俩相识之初，维克托·艾伦精彩的华尔街生涯已经为他赢得了一个"疯狗"的雅号；做夫妻的最后十年，他升级成了"坏×"[1]。全世界只要有大宗交易最后敲定，其中一些维克托甚至一眼都没瞥过，但在那个会议室里必定会有人不安地问一句："这次'坏×'没出手？"这个称号本身太朦胧，没有什么可称道之处，他的很多同事就配得上，但维克托却很自豪把它变成了自己的头衔。如今的商界，他的对手一般都被视作"达斯·维达"[2]"魔王索伦"[3]和

---

[1]　原文 Evil Fuck，表意或许更接近"没有人性的混蛋"。
[2]　Darth Vader，《星球大战》中的头号反派。
[3]　Lord Sauron，《魔戒》中的终极魔王。

"伏地魔"[1]，所以维克托觉得自己的诨名还是一种成熟的标志，它就由两个日常的英文字构成，完全没有引用什么少儿影视作品。一般来说，别人的辱骂会让维克托兴奋，而夸赞会让他厌烦，因为他认定后者要么是无须多言的废话，要么是榨取他财富的特洛伊木马。这个绰号他后来越来越珍视，但你很难确指他得之无愧是因为某个具体的交易或发明：他会利用几乎违法的税收漏洞，会累积灾难性的债务，会不断动用更加复杂和更具欺骗性的金融工具，会毫不犹豫地肢解一个老牌成功企业，让整个社区瘫痪，让成千上万家庭失去经济来源，就为了让几个富得能引发动荡的投资者更富有。但这些行为本身出现在华尔街上就像人们会在烘焙坊里找到面包一样，毫不稀奇，只是维克托手里项目的规模、欺诈的程度，还有他戏讽对手的力度和胜利时的嘴脸，都意味着他像一个跑近终点还能冲刺的马拉松选手，一定会从同代人纷纷攘攘的"坏 ×"大部队中脱颖而出，率先冲过终点。

要是他还在就好了，或者更称心的是，他可以像热门电视剧里的客串明星一样，回来一周再消失。在维克托的追悼会上，作为一个身份极为尊贵的遗孀，梅根其实费了很多心思也没想出多少歌颂亡夫的好词。但此时此刻，梅根甚至可以为那个贫乏的场合写首诗。就在赫苏斯忙着让她达到高潮的时候，她开始考虑那首诗该怎么开头。"维克托，你为何不活在此刻？"一个传统而有力的开头……"我们需要你的毒液和债务……"她一下子想不出接

---

[1] Voldermort，《哈利·波特》中主角的死敌。

下来怎么跟"债务"押韵，但总而言之，她写诗的灵感就在于维克托一定会临时想出一个凶悍加狡诈到让你赞叹的招数，确保对邓巴信托的收购可以完成。他的老搭档迪克·比尔德在领军抵抗，但这个人有没有魄力采取一些极端的战法就不好说了。

哟，刚刚那一小下倒是舒服得出乎预料！赫苏斯让她回过神来。毫无疑问，单就努力程度而言，可以给他打"A"，而且刚才那下舌技可圈可点——至少跟他在隔壁枕头上呢喃几句乏味的夸赞相比，这回才算把舌头用对了地方。赫苏斯的那些情话，是为了表现自己不仅仅是个冷血的杀手，还是个羞怯的小男生。他的得克萨斯州口音里一方面有种柔和的气声，那是西班牙裔母亲给他的影响（这一点在他的教名上也已足够明确了吧），而他的口音里更多的是种坚硬和苍白，因为他"老爸"是个挥着皮带、开着卡车、饮酒无度的可怕老兵。所有事她都听得不想再听了。

她意识到自己很久没有大口喘息了，应该要喘一喘。甚至可以呻吟几声。

"别停，"她说，深吸一口气，"千万别停。"

他只要一停下来，就有可能说话。权衡利弊，还是维持现状的好。虽然她心里很想沮丧地大吼，却还是在床上翻来覆去，假装她迷乱到好比癫痫发作。

当然，飞行一定会遇到气流颠簸，这一点她有准备，但过去这几个小时就有些荒唐了。因为皮特·沃克的自杀，英国警方想讯问她的团队，要不是"环球一号"起飞及时，他们就被逮住了，几分钟之内就可能被带到某个可怕至极的地方警局。然后布拉格斯也表现得怪怪的，说因为利益冲突，不能接这个案子。显然哈里斯医生比第一眼看上去狡猾得多。不管怎样她问心无愧：一个脑子完全不正常的人，在一个疯人院的浴室里上吊自杀，跟好几英里之外的她们有什么关系？有人会把责任推给她和阿比一点也不奇怪，邓巴家一直都是众矢之的。纯粹就是妒忌，还用多想吗？妒忌是人性的一部分，你是没有办法的。第一天去幼稚园的时候，母亲就曾这样警告过她，但恰恰是在此刻看它冒出丑陋的头来，尤其叫人失望。

弗洛伦斯还跟往常一样，完全就是个噩梦。她们成功地摆脱了她一年，但现在她又回来掺和一些她根本不懂的事情了。不用说，接到爸爸的是她，向来都是这样——最晚到的女儿，却是第一个真正引起他注意的。梅根这一辈子，就是看着弗洛伦斯什么都没干，却得意扬扬地霸占了父亲的爱，而不管她和阿比如何恭顺、谄媚、学他的样子，却连一丝一毫的父爱也分不到。这一回不再是儿戏了，不是弗洛伦斯凭靠父亲的专宠就能得逞的。她现在妨碍的是梅根和阿比拿到她们为之奋斗了三年的目标。弗洛伦斯被父亲的爱惯坏了，就像一头吃草吃到铁轨上的奶牛，而一列火车正从拐角处高速驶来。在梅根看来，结局已经不可避免。

弗洛伦斯当然可以声称她的突然现身完全出于对父亲的担心，但是，第一，他住的是一流（收费何其昂贵）的机构，享受着最好的专业护理；第二，他也不是随便一个垂暮的老人住在疗养院，需要不断地去探望（到了合适的时候她自然会去的）。邓巴是个强大的符号，各种各样过时的、反动的力量都会朝它聚集的。她和阿比私下一直在结交那几个最不假仁假义的董事，为了让他们拥护"鹰石"的收购，还给了一些不能算完全光明正大的诱惑。她们没敢勾搭邓巴和威尔逊的老盟友，但把自己手上的牌和新加入董事会的鲍勃医生算进去，姐妹俩觉得纵然差距微弱，多数票还是颇为稳妥的，只希望其余的董事到时会被丰厚的额外收入所打动。

"鹰石"的收购价会比目前股价高出百分之十五，对于普通的股东来说，无异于一笔横财。当然把大量债务强加在信托身上的确不太人道，毕竟负债过重会导致大规模裁员、附属机构的清仓甩卖，以及很多优秀老牌企业的分崩离析——换句话说，这正是她们想要的结果！她们会让信托变得更加精悍，五年后再让它的浓缩升级版上市。根据迪克·比尔德的估算，到时会有十四亿美元分别进入她和阿比的账户——似乎也不是很多，考虑到这事居然如此烦心——但她们只是按照合理的商业逻辑行事，而且既然公司要承受这件事，那与其落到一个外来的劫掠者手中，还不如让她们这些真正爱它的人来吧。确实没什么好顾虑的。"鹰石"有一份很清晰的、友好的、法律上刀枪不入的并购提案，资金支持充分，而且邓巴信托把卫星合同输给联讯之后，以目前的价格不会再有人横插一腿的。

"哦，天哪，刚刚好舒服。"她呻吟道。

她对情人的厌倦速度之快，简直可怕。昨天晚上的 J 还是那么激动人心，年轻的肉体会发光，而且他那种狂热的专注不亚于一个争分夺秒解除核爆装置的拆弹兵，只不过这种专注被用来带给她一波接一波的快感。但此时，为何 J 带来的浴火重燃已经感觉像是一场误会？应该不会只是因为鲍勃医生不在隔壁房间吧，让她放任自己一阵阵加大音量尖叫没那么好玩儿了？她应该还没这么肤浅，虽然知道鲍勃医生在墙的另一侧妒火中烧，或至少辗转难眠，让她有种惩戒坏人的畅快。在一个更美好的世界里，J 应该至少能用几个星期，或者就留在身边作为性工具，在她觉得合适的时候享用，但时局所迫，她不得已要他帮自己一个特别的忙了。她已经来不及把这份请求打扮成别的样子，只能给它营造一点伤心欲绝、别无选择的氛围。她会默默地泪如雨下，真诚地体会到自己的负担多么沉重，让她不得不提出如此不合理的要求，但她也凭直觉知道 J 在她的眼泪面前是无力抵抗的，他激烈的童年大部分时间都在自家房屋的一角安慰被打的母亲。J 会足够郑重地答应她，然后组织一套说辞解释为什么他认为梅根做出这样艰难的决定才真正需要勇气。她的回应会是黏得更紧，然后再从她的泪腺挤一点液体出来，落在他光滑的胸膛上。在两人全然静止的一刻，或许他吓人的胸肌之间会形成一个小小的泪潭。梅根自己都感动于这份用心的编排。

或许问题就出在这里：因为她已经把 J 想象成一枚发射出去的热导飞弹，再和他如胶似漆好像违背本能，甚至有自寻死路之感。但她其实心里知道这次情欲的暴跌只是大规律中的一个小细节。她的情人似乎一次比一次躺在离悬崖更近的地方，海岸侵蚀会有停下的一天吗？是不是塌方会继续到她也摔下悬崖，栖身于海滩上的那堆尸体之中？

　　情爱当然无一例外都是戏。她是那个从来不会满意的导演，也是那个作为全剧灵魂的大明星。如果男主演因为某种原因被开了，自然有预备演员顶替。说到底，除了她，演员表里的其他人都无关紧要。他们并没有独立存在的理由，他们都是乘号之后的零。她还记得自己十岁的时候有过一次数学上的顿悟，这也是她唯一的一次，就是在一个数字之后添零，它会变成自己的十倍，但不管多大的数字，只要乘以零就会消失。考虑到这个淘气的"零"每次都会接到不同的角色，她更愿意把它们想成"乘数零"，而不是那个更"圆满的零"。

　　说到 J，这段关系会格外短暂，因为等到他替自己做完那件小事之后，两人再被看到一起出现就不合适了。实际上，很叫人悲伤的，凯文可能需要去消除一切能够追踪到她的痕迹，可问题就在于，一旦叫人去消除痕迹，他们自己就变成了痕迹。谁来消除消除者？曾经也有一段时间——她从来没有跟别人说过，甚至她自己都抗拒这段记忆——她是可以完全凭自己的心意主动行事的。谢天谢地，当时的塌方很彻底，把她动手脚的痕迹都抹掉了。那时她是如此年轻、如此残忍。自那之后，所有她做的那些恶事，都有实在的理由。只有那时，是出于纯粹的憎恨。虽然也花了些时间准备，但它依然是冲动之举，可能因为她的憎恨每次要退落时都会再次强烈地涨回来，根本就没留给她权衡利害的间歇。多年前自己所做的事或多或少还是会让她讶异，所以她不愿多回想，讶异这种情绪太天真幼稚了。

　　估摸着应该是自己尖叫的时候了，她开始大口喘息，绷紧身体。她发现自己很享受把 J 的脑袋夹在双腿之间，便开始弓起背脊，把腿夹得更紧了。她忍不住想，可能 J 从"绿贝雷帽高级武术中心"训练毕业之后，就再也没有身处于这样难以自保的境地了。要是她足够突然，或许可以扭断 J 的脖子，然后把他瘫软的身体踹下床去。她发现这个场面对自己有不可抵御的吸引力。本来她正要演绎史上最虚伪的高潮，但因为自己的小幻想，不可否认确实越来越兴奋了。

"啊，我的天哪，"她说，想象着脖子断裂的声音，"啊，我的天哪。"

她越发用力地夹紧双腿，背脊越挺越高。现在只需要她突然一扭，一个多么简单的动作。

"啊，我的天哪……我高潮了！"她屏住呼吸说道，其中的惊异并不是演出来的。

J 起身爬过来，瘫在梅根依然颤抖的身体旁边，轻轻地按摩自己的脖子。

"你的大腿还真有力。"他这句话里都是欣赏之意。

"哦，J，你是个艺术家，"梅根说，"我没法说清楚你给了我多少灵感。"

"那也只是因为你给了我灵感，亲爱的 [1]。"J 说，高兴得几乎冒出一股傻气。

他那些咬着舌头的情话和那副痴心的样子一下子就让梅根感

---

[1] 原文 querida，西班牙语。

到生气。

"哦，J，"她说，"我自从……自从昨晚……还从来没有这样高潮过。"她微笑着，用指甲蹭着 J 的胸廓。

"亲爱的，我想一整晚都抱着你。"这位神魂颠倒的战士说道。

"抱住我，抱住我。"梅根说。

"不知道对你来说这是不是常事，"J 说，"只是这让我觉得自己以前从来没有真正爱过。"

"好让人感动，"她说，"这当然不是常事。这种感觉是如此强烈，我都觉得眩晕了。"

她吻了一下 J 的胸膛，成功从眼睛里逼出了一小滴眼泪。经过一段长到让她烦躁的旅程，泪水从她鼻翼滴落，正中靶心。

"亲爱的！"心思无比细腻的 J 无法承受他怀中的女人——他的女人——在哭泣，"你怎么啦？[1]"

"哦，没事。"梅根勇敢地说。

听见自己刚毅的声音让梅根自怜不已，又漏出一滴珍贵的眼泪。她动用起自己会的所有"方法派"技巧——梅根在李·斯特拉斯伯格学院[2] 待过两个学期之后退学了——沉浸于那个情绪中。她闭上眼睛，试图勾勒折磨她的所有不幸。好不容易发现了一个真正好用的性幻想，她却立刻要亲手葬送它。她明白这套幻想没

---

[1]　原文"Que passa？"，西班牙语。
[2]　Lee Strasberg Institute，纽约表演学校，1969 年由俄罗斯出生的美国喜剧导演、教师和演员李·斯特拉斯伯格创立，推崇"方法派"表演法。

法随便用在别人身上，它和 J 的军人身份休戚相关，也在于她能掌控一个杀手，在于她能让一个着迷于自己孔武身体的男人随时送命。所以她就更不应该掉进大利拉 [1] 的陷阱了，梅根想到，不该偏离自己的目标，重又盘算起自己寻常惦记的那些事，不该把参孙锁在某些用来威胁她的柱子上，使他随时可以推倒她的整座生命大厦，把她埋葬。做了他应该做的事情之后，J 不能留。或许他们还可以再干一回，现在毕竟才周二。没错，再来一次肯定可以，今晚回到城里就可以，或者等到明天早餐前。然后她就要放他走了。一枚飞弹是最标准的"乘数零"：一旦击中目标，它就消失了。

多亏了马克，他们能领先对手一步。他登上"环球一号"之后，不停地吐出有用的信息，省了他们好几个小时的调查研究。他关于自己为何会出现在曼彻斯特的解释毫无可信度，但和敌军眉来眼去一番之后，他显然是看清和妻子并肩而战才真正对自己有利。他之前偷听到弗洛伦斯准备剥夺她两个姐姐对于非信托财产的继承权。这婊子胃口还不小。

所有的这些不幸：弗洛伦斯拿下搜捕之战，还夺走了父亲所有私人财产；为了全面击败讨厌的"妹妹"这个更高的目标，她牺牲了自己的情人；还有，最要紧的是她觉得自己永远都要坚强，

[1] 《圣经》中的人物，参孙的非利士情人，将参孙出卖给了非利士人。她反复询问参孙他力量的源泉在哪里，参孙告诉她是自己的头发，于是参孙在梦中被剪去头发，又被非利士人带走，绑在柱子上。参孙头发重新长出，撞倒整个庙宇，压死了自己和众多非利士人。

都要警觉，都要掌控，都要先人一步，这些不断累积的重担突然引发了她一直在努力达成的崩溃。泪水滂沱的她全身都在颤抖、抽泣，她把自己的保护者搂得更紧了。她曾经去看过一个心理治疗师，太气人了，几乎是刚用就把他炒了。她以为自己讲的那些好玩儿的故事可以让医生领略一个他永远不可能接近的世界，但后者一直打断她，插一些这样的话："那么在这个炫目的派对上，梅根小朋友在哪里呢？她躲到哪里去了？"此时，她没有想到自己居然又听到了他的声音和这些可笑的问题，竟因为真正的哀痛而号啕大哭。

就跟梅根预料的一样，J 抱着心爱女子哭泣的身体，那么无助。

"亲爱的，告诉我吧，"他央求道，"只要能让你不哭，我做什么都可以。"

梅根又抽泣了一会儿，坐起来，伸手摸到床边的手绢盒，擤了擤鼻涕。

她重新把头枕在 J 的肩上，继续默默哭泣。她找到了那个躲在壁橱里的梅根小朋友，终于开口时诡异的声音就像一个害怕的、犹疑的小孩。

"什么事都可以？"她轻声问。

"什么事都可以，"J 说，"我发誓，没有例外。"

15

　　弗洛伦斯的飞机降落在纽约的时候，机上每个人都忧心忡忡，不知会面临什么，除了邓巴。他几天来第一次休息，几周来第一次安全，睡得很沉。在伦敦跟布拉格斯把文件全都签好了，目前没有别的事情可做。弗洛伦斯决定等到父亲自然醒，便让克里斯和威尔逊先去酒店。他们说好周三早上再商讨第二天的战略，如果邓巴愿意，到时再让他重新恢复威尔逊顾问的原职。克里斯和威尔逊固然信誓旦旦要夺回公司，弗洛伦斯却有两种心思：一方面，她想跟着他们拿下这场应得却又未必能得的胜利；另一方面，她想把父亲带回怀俄明州，彻底保护他。她觉得父亲需要的是更深层地放弃权力，而不是回到过去。为什么不能直接转机就走，让威尔逊和克里斯独自去为正义而拼斗呢？为什么要把她饱经摧残的父亲再次拖入一场商战？

弗洛伦斯在飞机上耐心地等着。她知道飞机租赁公司会很乐意给她再找一位机长和副驾驶员，让她能带父亲回家，可能还来得及吃上一顿早餐。她可以让父亲沉浸在安宁与爱意之中。她可以给父亲一个有壁炉的房间，让炉火熊熊地烧着，宽阔的窗户外面是能让心上空无一物的风景，宁谧的田野、雪中的森林，而这一切都被远处的群山如城墙般围起。她知道，比起一摞塞满柱形图、法律论据和电子表格的文件夹，家中的那个场景一定更能帮助父亲的思想复原。只不过，这决定不该由她来做。即使她的意图跟两个姐姐的正相反，她也不能采取相同的策略。即使是为了治好父亲，她也不能劫持他。她必须等他醒过来，问他的意见，听他想怎么做。

阿比对于警方调查皮特·沃克的自杀感到颇为不安，只是不愿表露出来。等待"环球一号"起飞的时候，她已经接近恐慌。那段拖延太难熬了。她也想到过责怪自己一时过于放纵，扣动那个愚蠢打火机的扳机，一下酿成这一系列问题，但那也只是想到而已。等飞机到了爱尔兰上空的巡航高度，伴随着一阵恼怒，阿比意识到沃克那是自找的，那是对他怯懦的惩罚。把沃克点燃几乎是个善行，让他知道，他对于被烧的恐惧其实比真的被蓝色火焰的斗篷包裹几秒要令他难以忍受得多，后者无非就是模仿一下火焰雪山[1]或者圣

---

[1] Baked Alaska，甜点，也有"冰山大火"等其他称法，由蛋糕和冰激凌制成，最后需浇上糖浆和威士忌并点燃。

诞布丁。一个正常人可能会奋起或者还击，但沃克的脑神经全都打了结，一辈子的生计居然就靠不知道自己是谁。像这样一个人类的渣滓还能有什么好的结果？

虽然对她的指控明显荒唐至极，但准备好大致该如何给自己辩护还是要紧的。关键就在于商量好怎么说，然后让别人相信。尽管她妹妹未免过于明目张胆地爱上了凯文的新兵，但毫无疑问，替罪羊只能是赫苏斯了。她不能牺牲鲍勃医生，他马上就要进入董事会，而留下凯文也方便一些，毕竟他跟了自己很多年。

没错，这就是事情的经过：J 不顾众人的劝阻，点着了那个不幸的喜剧演员，虽然没有刻意要烧伤沃克，但他为了让后者说出实情，的确行事过激了。但 J 也情有可原，她年迈的父亲在坎布里亚风雪交加的荒原里走失，几乎不可能生还，他们所有人都担心得有些情绪失控。而老人之所以会陷入这样悲惨的境地，无非是这些原因的共同作用：他自己神志恍惚、梅豆米德骇人听闻的无能和沃克恶劣的酒瘾。如果 J——这时候鲍勃医生可以证实，赫苏斯因为在伊拉克的英勇作战得了"创伤后应激障碍"，一时间回到了巴格达的一条小巷中，想起自己在那里所遭受的野蛮虐待，实际上是把沃克当成了一个抵抗军——愿意在监狱里待个两三年，作为对社会的补偿，那么他重获自由之时会有几百万美元在等着他。阿比越想越觉得平静。像这样的危机以往她在睡梦里都能应付，但因为这回信托退市造成的紧张气氛，所有事都被小题大做了。

一般而言，想到钱的无所不能，她都能高兴起来。如果地球之死能用碳税[1]、生意兴隆的污染额度[2]来换算，不过是一起与公众无关的傻乎乎的自杀而已，她怎么会糊涂到觉得不能用钱来解决呢？这只能证明她现在压力太大了。等这一切都定下来，她会去峡谷牧场[3]，放自己一个月长假。这是她应得的，就算因此要让春天改期也没问题。

"你还爱着她，是不是？"威尔逊说。

"是，"克里斯说，"望不到头。"

他们的车沿着麦迪逊大道往城外开，两边的店铺在黑暗的冬夜用繁华的光夹击着他们。克里斯已经开始想念弗洛伦斯了。她会一直是那个他爱得没有半点保留的女子，那个让他爱慕并且喜欢的人，那个一起出门会觉得骄傲而留在家里也一样欢喜的人，那个既让他兴奋又让他安心的人。过去几天他们一直待在一起，虽然明天早上还会见面，但这段旅程已经结束了。今天晚上她住到了自己的公寓里，很快就会回到自己的家人身边。从伦敦回来的路上，他们感觉到以后再也不会像这样亲密地谈话了，彼此祝贺两人共同的克制，话语间交缠的幽默和遗憾听得出他们离放弃克制曾那么近。认可他们这一回的成熟，让克里斯更无以复加地渴望着弗洛伦斯。克里斯觉得亲吻一下是他们的权利，作为到现

---

[1] 也称"烟尘排放税"，针对二氧化碳排放所征收的税。

[2] 污染排放量低于规定的企业和国家可以把空出的额度出售给排放量高出规定标准的污染主体。

[3] Canyon Ranch，峡谷牧场在美国有两处度假村，以温泉疗养为特色。

在还没有亲吻过的奖励。说实话，考虑到两个人一直表现得如此懂事，他们应该可以开始同居生孩子了。如果做正确的事会让人如此痛苦和困惑，那干吗不反过来做错呢？他不知怎的，居然在没有复合喜悦的情况下成功收获了分手的刺痛。

"一部分的我觉得现在的这种渴慕是因为她的不可得，"克里斯说，"我们真住在一起的时候，每几个月就要分一次手。"

"有时候感觉是每几个小时，"威尔逊说，"我记得有次跟亨利去中国，回来的时候我们说：'怪了，这俩小孩居然没分手！'结果是你们趁我们不在这工夫，已经分手又复合了。"

"的确是那样，"克里斯说，"不过现在不一样了。"

他停下来，想到自己这位前女友婚姻美满，有两个孩子，还有一个低调却了不起的好脾气丈夫，他提醒自己现在与她如此谈得来，不仅徒劳，也很讽刺。车子终于开到七十六号大街，停在了酒店门口，他松了口气。他期待抵达之后的忙碌和实务能驱散自己的愁思。

"谁知道以后会怎样。"克里斯说。

威尔逊伸手碰了碰儿子的小臂，无声地表示他和儿子站在一起。

鲍勃医生坚持下飞机后一定要有一辆车单独来接他，他迫切需要跟科尼桑蒂谈谈。仅仅为了安排这次通话，他们就费了不少心思。时间定在 11:15。到时候，史蒂夫·科尼桑蒂参加完宴会回家，一个人坐在车中，没有妻子陪同，跟司机隔开，可以分配给鲍勃医生宝贵的十五分钟。鲍勃医生预订了一辆正儿八经的加长豪华车，为的也是能和司机隔开。平时，他下"环球一号"，一般都是搭顺风车，或至少叫一部正常一点的车——那种适合开在摩加迪沙[1]战火纷飞的街道、可以运送半个海军陆战队的车，而今天他要的那辆，简直像是从摇滚音乐纪录片里开出来的。还好他的旅伴们都心事太重，没有注意到，更没有加以评论。

虽然鲍勃医生在飞机上小睡了几个小时，但过去一周那种釜底抽薪式的疲惫用任何药物都救不回。只要运气不太坏，回到公寓之后他可以完全瘫倒，睡足十个小时，第二天起来用阿德拉应该就会有些效果。或许他的声音在史蒂夫听来会是昏昏沉沉的，但需要传达的重要消息只有一条——邓巴回到了游戏中。

现在才 11:02。史蒂夫是个守时成癖之人，鲍勃医生允许自己闭上眼睛，让头脑休息一会儿。他一时也想不出他该想什么，这样也好，反正脑子现在也根本想不动。过去一周他一直在想，没有停过，现在他撞到了一堵墙上——连一个想法也凑不起。

妈的！他一定是睡着了。开到哪儿了？他茫然地瞪着黑色皮革后座上嘎嘎作响的便宜手机，这时才想起来自己本该做什么，急切地拿起电话。

"史蒂夫！"他说，声音明显太响也太突然了。

"鲍勃！怎么回事？你睡着了吧？我正要挂电话呢。"

"没，完全没有，"鲍勃医生说，"我只是刚刚上车，要把手机从包里取出来。飞机比预计的延误了一点点。"

---

[1] Mogadishu，索马里首都。

鲍勃医生不是很明白自己为什么要费力去撒谎。他在这方面比邓巴的两个女儿收敛多了，觉得无谓地撒谎只会叠加被拆穿的风险。照常理来说，他是会承认自己睡着的，但科尼桑蒂制造了一种疯狂猜忌和疑虑的气氛。他尽管表现得和蔼可亲，却十分不可信，还总像在搜寻对方的弱点，如同一头拍打着冰面的北极熊，想要挖出躲在冰层背面的海豹幼崽。

"奥地利怎么样？"史蒂夫说，"把老头儿关进安全的地方了吗？围墙外面有没有阿尔萨斯狼狗巡逻呀？"

"好吧，这件事的进展的确和我们的计划有出入。"鲍勃医生说。他立马觉得自己好像做错了什么，担心科尼桑蒂还有办法把钱拿回去。

"怎么了？"

"弗洛伦斯比我们先找到她爸爸，而且已经把邓巴带回来了。"

"这太他妈掉链子了，鲍勃，"史蒂夫冷冷地说，"这违背了我们的约定。邓巴是这个星球上最难对付的谈判者之一，我们要让他出局。他现在的身体状况有可能参加他们周四的会议吗？"

"绝对不可能，"鲍勃医生说，"他在湖区的暴风雪中走失了快三天，没有食物，也没有睡觉的地方，能活下来已经是个奇迹。马克·拉什今天早些时候看到过他，说他已经完全语无伦次，身体也废了。我很抱歉没能关住他，弗洛伦斯当时找了警察……"

"我不关心发生了什么，"史蒂夫打断他道，"我只朝一个方向看——正前方。这个电话结束之后，我需要你把现在用的这台手机毁掉。我也会一样毁掉我的。"

"那我怎么找你呢？"

"你不用再找我了。这是我们最后一次交流，直到收购完成。到时我们再见面一起庆祝。"

"好的。"鲍勃医生说。他还从来没听过有谁这么不想跟他"一起庆祝"的。他还准备说句什么话友好地结束本次交流，却发现那头已经挂断了。

"行，你也可以他妈去死了。"他喃喃骂道，降下右手边的有色车窗，把那只"联讯手机"投到了繁忙的高速四车道上。

就像一个游泳的人要把流过呼吸器里的水先喷出去，然后再回到那种放大了的、让人安心的呼吸节奏中去，邓巴也要先卸下那些梦境的重量。他梦见一头牝赤鹿被猎犬追逐，后面跟着要刺穿它心脏的猎人。他的意识浮现在一个能听见自己吃力呼吸的层面，知道自己一直在做梦，但没法完全醒来，不知道自己在哪里。他的思维是纯粹的情绪留下的瘀青，体会不到方向和前因后果。每一次恐惧、渴望、希冀的搏动都像用药过量一样把他重新推入梦中。他想象自己从粗暴的海水中爬出，要爬到一片石滩上去，但每次都被浪头不容置辩地逮住，拽回到流水中。第二次尝试醒得更多一些。他手脚并用终于爬到了崩碎的浪花够不到的地方，半梦半醒中，那些尖利的石块割破了他的手和赤足。裂开的肌肤一阵阵刺痛，他的意识越发清晰。进入一个更理智的区间，海滩的意象退却、消散了。他的迷茫不再是那些难以招架的画面，变成了一系列无法回答的质询。他记得不久前见到过凯瑟琳，他知道这一定是幻觉，除非他已经死了，但他又觉得自己应该还没有死。见鬼，现在到底是什么情况？

他睁开眼睛。他绝对没有死，除非死是对生的完美复制。或许人一旦死了会被送走，就像被博物馆埋起来的雕塑一样，幸免于酸雨和好奇人群的损害，而它们的复制品正代替它们俯瞰公共广场和发掘出的古城。在这样有争议的边界上，似乎一切都是可能的，但这条边界分隔的是什么呢？生与死，还是疯与不疯？他已经分不清什么才是只属于他自己的事了。

"有人吗？"他喊得很轻，不知道自己会请来的是帮助还是伤害。然后他又喊得更响了一些，因为不知道正发生什么比可能会发生坏事更让他痛苦。

"有人吗！"

门开了，走进来一个美丽的女子。最近发生在他身上的事之前被梦和猜想掩藏，此刻突然明朗起来了。

"弗洛伦斯，"他说，"真的是你。"

"是我，爸爸。"

"我走失的时候是你救了我。"

弗洛伦斯走过来，靠着父亲在床边坐下，下意识伸手把他挡在额前的头发撩开，然后捧住他一侧脸颊，就像她自己的孩子发烧时她会做的那样。邓巴抬起手盖住女儿的手背。他有多久没有感受到温存了，泪水不受控制地溢出眼眶。

"我们之前在一架飞往伦敦的飞机上。"他说。

"是的，现在我们又在往纽约飞了。"

“纽约。”邓巴说，就像他曾经听过这个地方，但从来没想到自己也会去。

“我一直在等你睡醒，想着，如果你愿意，我们可以去我在城里的那个公寓，或者，”弗洛伦斯犹豫了，“我们可以回我在怀俄明州的家。你还没去过，特别温馨，周围的原野风光也很漂亮。”

“我不要再看原野风光了。”邓巴说。

“你会在一个安全的地方看它，”弗洛伦斯说，“不会在其中走失了。”

“不要原野风光了，”邓巴肯定地说，“我不是还有个会要开吗？威尔逊刚刚也在的，他说有个会。”

“那个会你不想开就不用去。你现在最需要的是休息。”

“我已经休息过了，”邓巴说，起身斜靠在枕头上，“现在是什么时间？”

“周三凌晨两点半，”弗洛伦斯说，看到父亲那种唯我独尊的旧习又回来了，半是高兴，半是紧张，“除了我们，所有人都在睡觉，所以暂时无事可做，只能先回家安顿。”

邓巴又平息了下来，就像他刚才在敬一个极其庄重而严苛的礼，现在收到了稍息的指令。

“无事可做。”他说。泪水淌在他脸颊上高高低低的褶皱间。这个词似乎能让他从痛苦中脱身片刻，但他立刻又冲了回去。

“你能原谅我吗？”他问，“我太糊涂了，不只是最近，是一直都——”

“没有什么需要我原谅的。”她打断父亲道。

"这才是最重要的。"他说着握了握女儿的手。

"如果这才是最重要的,"弗洛伦斯说,"我们可以直接离开,不要管那个会了。"

"但这也是其中的一部分,"邓巴说,又陷入了那种情绪,"我不能让你那两个姐姐夺走信托,我要把它留给你和你的孩子。"

"我们挺好的,"弗洛伦斯说,"我们不缺什么。"

"不缺什么,"邓巴又困惑了,"你们不缺什么,现在无事可做。"他任由这句话闪耀了一会儿,就像把钻石举到灯光前检查有没有难以发现的瑕疵,然后,他把钻石还给了弗洛伦斯。他摇了摇头,如同他从来就没有打算要买这两颗钻石。

"不能就这样放过她们。"他说。

"她们就是这样的,"弗洛伦斯说,"就给她们好了。"

"不行,"邓巴说,"这是我要留给你们的东西。"

16

现在是凌晨五点，赫苏斯走出梅根那幢公寓楼。当他穿过前厅的大理石方格地板时，那个值夜的门房自以为看透一切，露出半是困倦半是鄙夷的样子，没有一点要给艾伦夫人的最新"私人教练"开门的意思。

派克大街[1]还很昏暗，但温暖得不像冬天。身边有出租车飘过，但 J 想走一走，让自己能更沉浸于那种正在体内弥漫开的奇妙感觉。他活到现在第一次爱上一个人：无可救药地爱。他想把自己完全交给梅根，和她融为一体，成为她意志的延伸。还在很小的时候，他的确也曾这样依附于一个女子，那时候全身心地爱自

---

[1] Park Avenue，也作公园大街，位于纽约。街上多豪华的大公寓，常和奢华时髦阶层联系在一起。

己的母亲是很自然的事。但后来，母亲无法照看他，反倒需要他的保护和安慰。当然，从人身安全的角度来说，他一定会保护好梅根的；但往深了说，梅根是他一直在幻想的女子，一个可以替他打点一切的人。她说他们以后会一起生活，说她只希望他能一直在自己身边，因为 J 让她同时觉得安心和兴奋，这样一个男人是所有女人的梦。等他帮了梅根那个特别的忙，她会带他去自己位于毛伊 [1] 的一个住处，"一个真正的人间天堂"。她给 J 看过不少照片，那是在夏威夷小山顶上一幢巨大的白色房子，一条通往私人海滩的小道，还有伸手就能从树上摘下来的杧果。看照片的时候，他脑子里一直放着一部电影，演绎着他可以让梅根意乱情迷的各种方式，然后他又厌弃地推开了那些情色幻想，因为这比床中事大得多了：他和梅根之间包含一切，如同一人。即使现在只是暂时与她分开，他也觉得像是手被绑住，脸上挨了一拳又一拳。他们注定是要待在一起的，片刻也不分离。

他在全身心享受这种美妙的感觉，不会让任何东西偷走他的注意力。他身体里藏着一个新兵教官，一个不讲情理的混蛋。除了那种美妙感觉，其余的一切都可以让教官代理，那个混蛋只求把事情做成，不会浪费时间问自己对这件事有什么感觉。要是需要把谁教训一顿，找他就对了。要是有人无法无天，为了让他好好明白什么叫恐惧。教官已经开始行动。只要你开口。没有问题。任务完成。

---

[1]　Maui，位于太平洋中北部，夏威夷群岛中的第二大岛。

　　马克也不能说为自己的所作所为感到自豪，但他的自豪总体上像一个多样化的大型投资组合，其中某只股票的暴跌，或者说某个独立事件中的羞耻，并不影响大局。再者说，搭乘一下自家的飞机真那么羞耻吗？他从弗洛伦斯租的飞机急匆匆赶去"环球一号"，刚登机的时候氛围的确有点怪异，毕竟那里可以算作是敌营，但一路上他越想越明白，他本质上就跟瑞士一样是个中立国，借着山势高踞于守卫森严的城墙之后，下觑泥泞的平原战场上声势浩大但战法拙劣的两方军队。他没有偏向，只是心怀厌恶和遗憾地看着他们互相厮杀。如果有一件事比他妻子如何对待邓巴更让他反感，那必然是邓巴对待他的方式：摇着那根像是控制不住颤抖的手指，给他安上各种没有根据的罪名，让他在所有人面前——在威尔逊和他儿子面前难堪。而说到那个一本正经的臭小子，他明显是想和弗洛伦斯复合想疯了，毕竟这姑娘已经骑着白马杀回了家族事业，救了老头儿不说，还顺便掳去了他的所有非信托财产。说实在的，这一切在他看来真是太肮脏了。

　　马克此时正坐在自家的早餐室里享用热带水果和黑咖啡，这个房间位于公寓的中间一层，周围的木墙面会让用餐的人觉得格外舒适。他请玛奴艾拉再给他倒杯咖啡，便把视线转向面前早餐桌上精心折好的早报。不管结局如何，中立是当下的最高准则。回程的机票或许是他出价太高了——他把从弗洛伦斯那里获悉的事情巨细无遗地全说了，但从现在起，他不再参与这些玉石俱焚的冲突，他会比瑞士人还瑞士。今天中饭时能见到明迪，真是谢天谢地。她总能让他喜欢自己，喜欢他真正的自我，喜欢他所坚持的东西。她会提醒他，拉什家在的时候还没有邓巴家，邓巴家烟消云散之后，拉什家还会在这里。

马克拿起《华尔街日报》，匆匆翻过前几版那些熟悉的标题。低油价、下跌的股市，最后他停在了一篇文章上，他知道这篇文章会巩固他一直以来的观点：政府的公文红带[1]像绞索一样在美国商界清白的脖子上越勒越紧。他对懒于思考的喜好并不亚于他对生活安逸的热衷，这种对精神舒适的追求甚至可以演变成某种愤怒，或者真到必要的时候，演变成末日来临的悲观情绪，只是面临毁灭的东西可能是他毫不在意的，比如压力与日俱增的中产阶级，或者每年消失速度相当于比利时国土面积的亚马孙雨林（还是北极冰冠？）。比利时变成了衡量生态灾难的单位，每次他都觉得好笑，要知道在他刚懂事的时候，比利时都是被拿来形容波兰或匈牙利的某个家族丢掉了多少地产（可比丢冰块和森林让人动容多了）。

他为了拿起来方便一些，把《华尔街日报》对折，这才注意到早餐室墙上的电视屏幕——永远的彭博电视台，但声音开小了，调出了字幕。主持人身后"邓巴"两个字格外醒目。这条新闻不仅把他的注意力从手中的文章引开——过度监管的丑闻他本来一定会读得很高兴的，而且他本来以为自己一定会体验那种愤慨下的自得，结果完全收获了相反的情绪。联讯对邓巴信托的普通股发出收购要约，而且给出的溢价颇为激进。马克快速地算了

---

[1] 英文中的固定表达，用捆扎公文的红带指代官僚气的规则和监管。

一下，22% 左右，比大多数情况下较市价 15%～20% 的溢价又提了一大截。他立刻感到各种互相抵触的冲动扭成一团。作为结婚礼物，老丈人给过他五十万邓巴股票，几分钟之前，这些股票值两千三百万美元，现在它们的价值可能超过两千八百万，但要享受到这五百万的心醉神驰，他先要有失体统地在背后捅他妻子一刀。

钱要多少才算够？他发现这个问题让他由衷地困惑，因为已有的钱给他的满足是那么少。似乎比起拥有的快乐，他一直在为失去所有担惊受怕。只有一件事是肯定的，那就是如果他想离开阿比，又不希望自己的余生很短暂或很难熬，那他就不能再向邓巴家索取更多。算上他的其他资产，这两千八百万会让他的身家凑成整齐的五千万。马克还隐约记得曾经的岁月，那时的自己或许会觉得这数目颇为可观，但生活在亿万富翁中间的这二十载让它显得出奇地不足。

啊，管他呢！跟一个自己爱的女人生活在一个乡间小屋，也比跟这个可怕的妻子一起住在宫殿里强。再会了，"环球一号"！再会了，"自家的湖"！再会了，和比利时一样宽广的土地！他会和明迪私奔，去康涅狄格过一种简单的生活，或者去棕榈滩（只有五千万，在这个地方也确实只能过得简单一些），甚至（疯狂的念头接二连三地涌上来），去圣巴巴拉？跟明迪一起住在海边会是多么惬意，他终于可以去读那些他一直想读的书了，也可以去旅行，去那些他一直想去或去不厌的地方。齐普里亚尼酒店游泳池边的日子挺好过的。"一贝里尼在手，胜过百贝里尼在墙。"当年他不肯被拖到威尼斯拥挤的街道上，不想去看某个博物馆或教堂，执意要留在那个美妙的酒吧里，马克的父亲说出了这句流传后世的话[1]。

联讯的要约收购也和同类收购一样，需要在一定时间内获得控股权，这就是问题所在。如果他把自己的股票拿出来，而联讯又没能完成收购，阿比就会知道他做了什么事，他悲惨的余生就只能被钉在十字架上度过了。更聪明的做法是再等一等，看风往哪边吹。他见过科尼桑蒂（典型的暴发户）一两回，但直接去接触还是太冒险了。现在要了解联讯进展如何，最简单的办法还是在阿比最艰难的时刻火速赶到她身边，分担她对科尼桑蒂不讲理的盗匪行径的担忧，更重要的是搞清后者离成功还差多少。要是把他的股票作为砝码扔进去，能改变天平的倒向，能成为那个毁掉邓巴信托的人，那会是命运何等的眷顾！

威尔逊掌管邓巴信托的法律部门四十年，被解雇的那天确实震惊，但那种震惊和今日的难受相比，却又不值一提了。面对联讯的恶意收购，信托的防御却已经不由他来指挥。最早的怨恨后来被同情所取代，因为他发现自己的老友是陷在怎样的混乱中，而他此刻所感到的忧虑又被那种同情所助长。

他能帮上什么忙呢？威尔逊列了张单子，上面是影响结果的

---

[1] 那句话中"在手"的贝里尼是一种鸡尾酒，由威尼斯哈利酒吧的首席调酒师齐普里亚尼发明，据说是因为酒的颜色让他想起贝里尼的一幅画。这位齐普里亚尼1958年在威尼斯创立了前文提到的豪华酒店。

种种因素。但他一边写着一边意识到，他回答不了那个隐含着的问题：这个单子是写给谁看的？弗洛伦斯和亨利没有办法实施它，阿比盖尔和梅根不配见到它，此外，直到最近还是他统领的法律部门被规定不能向他透露任何信息，也不能向他咨询任何跟公司有关的商务事宜。问题的核心在于公司已经没了领袖。和邓巴相比，所有人都只能是冒牌的篡权者，但邓巴自己也成了一个冒牌的邓巴，会被他本该最熟悉的东西吓到，也疏远了那些塑造邓巴帝国的原动力。以前他管理自己的感情生活一直像管理一个信托的附属机构，可以靠谈判、奖励、惩罚、放逐来控制。现在都反过来了，他能带到生意场中的只有自己混乱的情感。那个唯一能拯救公司的人自己需要被拯救。不过董事会还是有可能会追随他的，只要明天的会上，他有从前一半的说服力和条理就行。他之前放弃权力，在伦敦几次奇怪的疯病发作，被拘禁又逃脱，这些事所带来的巨变或许最终对他自己的灵魂有好处，但对目前的危机而言只能是灾难性的。

威尔逊继续列着自己的清单，既是为了发现可能的作战策略，也是让自己平静下来。这里面有个反垄断的角度。他们应该马上起草一份抗议，投给联邦贸易委员会和司法部，把放任联讯这样规模的传媒公司吞并邓巴这样规模的传媒公司会对市场竞争造成怎样的危害好好概括一番。威尔逊又在黄纸上画了条横线，写上一个词：内鬼。难以想象有谁会犯这种错误，但总有着急赚钱的人，永远不要低估他们的贪婪和笨拙。会不会是哪个跟科尼桑蒂走得过近的人，或者某个空壳公司预先知道了要约收购之后股价必然会上升，所以提前购入了大量邓巴股票？这个疑问自然又带出他接下来写的两点：爬行收购[1] 和伙同方。联讯有没有长期以来一直在悄悄地占有股份，或者靠第三方机构在帮他们做这件事，以便今早能成功会师、协同作战？

虽然思考并未松懈，但威尔逊的信心却因为缺乏明确的目标而在动摇。如果邓巴和弗洛伦斯不能撑起信托，那唯一的出路就只剩下支持阿比盖尔和梅根掌握权力，让她们主持抵抗行动，保护公司员工和资产不被恶意收购。这个局面威尔逊会尽力避免。他要在两条战线上拼斗，同时不得不认清他有可能必须和其中一方敌军结成联盟。一般来说，威尔逊乐于下这种三维象棋，他思路清晰，总能领先对手好几着儿，本来他会很享受这种熟悉的体验，但这一回却突然被忧伤和失落所浸没。

他把笔丢在笔记本上，向后倒进自己的扶手椅中，瞪着酒店套房壁炉上的永生花。他回想起第一次见到亨利时的场景，那时他还跟第一任妻子住在跑马径[2] 的那个老房子"鹰石"里。威尔逊才二十九岁。平时跟邓巴打交道的那个高级合伙人度假去了，为了保全自己的周末计划，他把这次会面委托给了威尔逊，事后看来是多么不明智。开门的女仆领着他从房子里穿过，到了一个露台上，前面是花园斜斜的草坪。邓巴正在组织一场家庭棒球赛。阿比和梅根还小，虽然觉得无聊但还算听话。她们的母亲穿一条

---

[1] Creeping tender，收购方一点点慢慢买入目标公司的股份，直至获得控股权。

[2] Bridle Path，多伦多的富豪社区。

亮黄色的裤子，一手拿着烟，已经半醉，正在临时勾画的棒球场边大声嘲笑参赛选手。邓巴很快发现了威尔逊，大踏步从草坪上走过来招呼客人，于是那个本就松动、不满的比赛结构也就此瓦解。但只需要那第一眼，威尔逊就看明白邓巴不管什么时候都要组织一些什么，都需要竞争，都要做积极主动的一方，即使是周日下午跟不情愿的家人打球也不例外。他的身体中带着一种不可思议的活力，与他任何形式的接触都因此变得紧迫和刺激。

邓巴那时候还散发着一种壮志未酬的光芒，相较于已经做成了什么，他更在意一个人想做成什么。和威尔逊相处短短几个小时，邓巴就让他辞职，负责建设一个法律团队，帮助公司上市。不知为何，他立马就觉得要为邓巴效力，而且，邓巴所激发的那种竭智尽忠的程度，后来占用了他几乎所有的周日。威尔逊大胆地离开了自己的法律公司，还带走了一大块重要的业务。他知道自己和邓巴能成就一些了不起的事情，比他在斯通、拉科和怀特的多伦多分部慢慢往上爬要了不起得多。

威尔逊又拿起了纸笔，他不能分心。如果亨利能振作精神打这最后一战，或许他们依旧可以让他一生的心血不被乘人之危的联讯夺走。

和赫苏斯过了狂浪的一夜之后，梅根一直睡到了周三的午餐时间。她扫了一眼自己的手机，来自阿比和几乎所有公司高管的未接电话数量相当惊人，但她目前还不想处理。此外，"鹰石"对信托的收购计划中要用到的银行也打来不少电话。没办法，这些人也只能排队等候了。董事会开会之前总有很多事情要处理，但眼下，她要把自己所有的注意力和演技都放在接下来和凯文的这次会面上。她想让凯文替她干掉 J。为了不让自己的要求显得过于任性妄为，她必须要给凯文清除自己的新同事一个可信的理由。她最终决定幻想自己不小心泄露了一个公司机密，可能值几个亿，而 J 正在敲诈她，威胁她要把这个机密透露给竞争对手——联讯就是个简单明了的选择。

啊，他来了！梅根听到了门铃声，做好一副焦虑、心事重重的悲剧面孔来迎接他。

邓巴很清楚自己在哪里：他正在弗洛伦斯纽约的公寓中，喝着午餐后的一小杯咖啡。弗洛伦斯正在跟威尔逊通电话。啊，当时不讲道理地解雇了这个老朋友，他还欠威尔逊一个道歉。阳光从露台的玻璃门一个劲地涌进来，让这房间里的每样东西都很明亮，甚至有些亮得惊人。他曾离疯狂和死亡那么接近，他曾经因为害怕死前再也见不到弗洛伦斯而不知如何是好，但现在他就好好地坐在她的公寓里。回归正常并非回到不好不坏，一切都从来没有这般好过。几周来他第一次觉得自己的身体是用同一种材质构成的，而不再像他以前很喜欢的一个玩具，用破布、胶带和绳子绑在一起。他开始正常饮食和睡眠。鲍勃医生和哈里斯医生强行喂他的那些不好的药，也似乎被坎布里亚的磨难清洗干净，不再污染他的头脑和情绪。以前，他一直觉得身体强健是顺理成章的事情，终于在被夺走之后才注意到它。仅在此时，对于它的回归也跟失去它时一样叫人意外。那种熟悉和怪异之感是不相上下的，就好像夏初刚回到"自家的湖"那第一个小时，一千个被遗忘的细节蜂拥而至，非要你承认它们从来不曾离去。

那一团纠缠的新知和旧识之下，邓巴很难确指他到底感受到的是什么。这些东西都是有一个根基在支撑的，但他几乎从来都没有弄清过，或许凯瑟琳答应他求婚的时候是例外，但那次太欣喜若狂了，不像这回，似乎是持续地体会到了某种根本性的东西。或许是感激，或许他的这个立足点就应该称为"感激"。真的，他感觉自己——他正在用一些之前不会碰的词汇——有福气。照他以往的性格来说，感受只用分成两类：他喜欢的和他不喜欢的，没有必要分辨得再细了。他从来就没有这样的一套语言去探究自己的动机，也没有动机去发展这样一套语言。他永远都沉溺于行动中，动力来源于一条他认为不证自明的真理：没有任何事能比积累权力和财富更有意义。开启这条自省之旅或许是有些迟了，但他知道自己别无选择。过去几周不只是精神错乱，它们把他带出了事实、数据和律法的世界，带进了一个比喻、洞见和幽微关联的领域。他现在并不是飞出了一个他再也不用回去的战场，他依旧在那个迷宫里，要想出去只能穿过它的中心。不管怎样，他觉得自己离中心很近了，应该能找到出去的路，只要再给他一点时间。

"好啊，爸爸。"弗洛伦斯回到餐厅。

"亲爱的！"邓巴说，"我刚正在想自己现在是多么开心，说真的，是多么有福气。"

弗洛伦斯双手搭在他肩头，俯过身去亲吻了父亲的头顶，"我应该从来没听你用过这个词。"

"是啊，"邓巴说，"第一回。"他朝女儿微笑，有点尴尬。

她轻轻按了按父亲的肩膀，让他安心。

"要是你觉得没问题，威尔逊想五点过来跟你商量几件事情。"

"好的，好的，"邓巴说，为了表现自己的歉疚有些用力过猛，"我一定要再好好道个歉。今天早上我已经谢过他了，还把工作还给了他。"

"那份工作其实他一直在做，"弗洛伦斯说，"但我知道，能重获你的信任一定让他很高兴。"

"我也想重获自己的信任。"邓巴说。

"你的自信真的在回归，太棒了，"弗洛伦斯说，"我刚刚在想，要是你愿意的话，我们可以去公园里散会儿步。天气特别好，而且威尔逊也要几个小时之后才来。"

"好的，我非常乐意。"

两人一起坐电梯下楼，邓巴发现所有东西都能让自己感到一种无法解释的快乐。他们进电梯的时候弗洛伦斯跟丹尼打招呼，他是电梯管理员，像圣徒般与人为善；电梯角上那个三角形的棕色纽扣皮座椅紧凑、新奇、好玩儿得就像一个小模型；深灰色和金色配搭的大厅里，镜子和鲜花都闪着光。门卫显然爱上了弗洛伦斯——这能怪他吗？事实上，此情此景都让邓巴想起了自己很小的时候最喜欢的一本书，叫《公园里的一天》。书里有个叫鲍比的小男孩，穿着短裤和黄色套衫，跟他妈妈一起去中央公园买气球。他妈妈特别优雅，穿了一条米色的百褶裙，还戴着一副墨镜。

这个故事几乎什么意义也没有，但邓巴四岁时却着迷不已，那种感觉就跟他此刻莫名的喜悦很像。他和弗洛伦斯肩并肩穿过第五大道，朝中央公园最近的入口走去。

弗洛伦斯问他想往哪边走，邓巴选了一条蜿蜒着朝"保护水域"去的小路，那里会有人在水上开模型船。

"我一直在想我们昨晚在飞机上说的话，"他说，"休息过了之后，我现在觉得精神多了，而且觉得……"

"很有福气？"弗洛伦斯微笑着说。

"我就知道自己会被嘲笑的，"邓巴也对女儿微笑道，"我本来想说的是'坚实'，但又觉得说出来有些奇怪。其实我想告诉你的是，我接受你的邀请，跟你回怀俄明州。"

"那真是太棒了。"弗洛伦斯说。

"至少要待几周，或许更久。"

"你想待多久都可以。"

"有件事你的两个姐姐还不知道，而且按程序还得董事会通过，但总之我觉得威尔逊的话有道理，我已经出高价要买回一些信托的资产。它们不属于核心业务，就是很好的投资项目而已，温哥华、多伦多还有其他一些大城市边缘的土地，价值接近十个亿。这些都会留给你和你的孩子，还有那些艺术品和房子……"

"我觉得我们真的不缺什么，"弗洛伦斯说。她犹豫了一下，让父亲明白他的好意她是感激的，"我们为什么不设立一个基金呢？买一些土地，但**不用**它们。"

"你确实很懂怎么激怒一个地道的资本主义者。"邓巴说。

"这笔生意很公平，"弗洛伦斯说，"你每开发一英亩地，就再买一百英亩，不要动它们。"

"我考虑考虑。"邓巴说，已经知道自己会同意的。"就让它们废着。"他补了一句。

"废着只是对我们而言。"弗洛伦斯说。

"是的，"邓巴说，"我懂。"他声音越来越轻。"你的两个姐姐，"他说，重新给自己找回立足点，"对权力贪得无厌。我也不会假装不知道她们这一点是跟谁学的，但此时此刻，我想不出来为什么不能把她们想要的给她们。无论让谁去管，邓巴信托依旧会是这世界上最了不起的企业之一。那就是我留下的东西……"

邓巴停了下来。弗洛伦斯的手按在脖子一侧，脸上是极度痛苦的表情。

"怎么了？"邓巴问，握住女儿的手臂。

"不好意思，我就是突然脖子上感到一种很强烈的刺痛，像是被蜜蜂蜇了一下。只是这个季节，蜜蜂不可能还在活动吧。"

"给我看一眼，现在气候全乱了，说不准。"

弗洛伦斯松开手。

"有一小股血淌出来了。"邓巴说。

"可能哪家小孩在玩气枪吧。"弗洛伦斯漫不经心地说，但脸色惨白，看上去不太舒服。

"我们得找个医生看一下。"邓巴说道。他的心怦怦直跳，耳鸣声突然吵得周围什么声音都听不到了。

"哦，不需要医生，"弗洛伦斯说，"我只要回去之后消消毒，然后在你和威尔逊说话的时候休息一下就好了。"

"那我们回去吧。"邓巴说。才几分钟之前还声称自己坚实的他，现在已经没那么有信心了。

虽然没空详细调查比对，但阿比的结论已经出来了：今天是她活到现在为止最糟糕的一天。一连好几个小时，她都在跟信托的高级主管和预计明天十点出席会议的董事通电话。在这个前所未有的危机中，梅根的电话居然一直打不通，直到下午三点她终于接起电话，听到消息的时候，居然惊讶万分，但这个新闻自从股市开盘前几秒出现在各大通讯社网络时起，所有人都在讨论，根本没有停过。两人终于聊完，阿比实在很难相信梅根对联讯的收购一无所知，甚至怀疑，因为那么高的溢价，梅根已经把自己的股份卖给科尼桑蒂了。这当然是只有疯子才干得出来的事情，但永远不要低估梅根。

她和梅根各占 15% 的股份（一开始是 10%，弗洛伦斯背弃公司之后她的股份被二人瓜分），只要再多搞定 20% 的股份就能阻止对方拿到控股权，避免公司被强行吞并了。她们本来悄悄计划明天就让信托退市，现在看来她们提供的股价要比联讯低得多。这会儿还要苦苦思索防御措施，真是要把人气死。她想或许更高超的做法是把"鹰石"的私有化收购刻画成一个全副武装、正好在附近的白衣骑士[1]，已经准备好为了拯救公司将它买下。但要把"鹰

---

[1] 英文中有"救星"之意，也用来特指在某公司遭受恶意收购之时，提出合理竞价的公司和个人。

石"说成是预备多时、就为了应付此类险情的救援方案也不可能
了，因为阿比听到了那天第二坏的消息：邓巴已经重新启用威尔
逊作为他的顾问，两人会一起出席明天的会议。

但最根本的问题还不是这些，而是资金。她和比尔德要举更
多的债了。"鹰石"本来就要欠摩根大通、花旗银行和摩根士丹利
很多的钱，但现在他们可能要卖掉一些非核心资产，筹集收购公
司剩余部分的资金。事情越来越复杂，简直让人崩溃。为什么她
不停地给比尔德打电话但他都不接呢？只有他才能想出办法，并
且实现它。

弗洛伦斯公寓门厅里的电梯快要关上的时候，邓巴又感谢了
威尔逊一次。之前他向威尔逊道歉，一点也不费力，而威尔逊表
达自己怨气尽消也是同样地自然。他们商谈了三个小时，威尔逊
已经说服邓巴再最后一次披甲上阵。一方面是联讯的要约收购；
另一方面，一些因为忠于邓巴和威尔逊而不顾明哲保身的董事传
出消息说，阿比和梅根可能在试图让公司退市，这让邓巴决定推
迟宣布完全退休的计划。

他着急要去看看弗洛伦斯，从公园回来之后，她一直在休息。
关于明天那场大战，他知道自己的态度有了根本性的变化，好像
他身上有什么东西连他自己也认不出了。按理说，以他命名的信
托被联讯吞没，一想到应该就很反胃，而他两个女儿要累积大笔
的负债，解雇大量员工，并且把一些收益相对较少，但影响深远
和广受关注的资产分割出去，只为让公司退市，这当然也是极其

可憎的一种远景。但听到这样灾难性的消息，他的反应中明显缺
了什么。反复琢磨，他突然意识到，自己没有感到怒不可遏。就
像一幅熟悉的画作，只有等它被拿掉，空留的挂钩和积灰的轮廓
才会被注意到一样，只因为现在没了怒气，他才终于明白过来。
过去自己那种所谓闻名遐迩的"活力"，大多只是他对世间万物本
质上都不如意的永恒批驳，有时一场大胜的确能平息那种无边无
际的挫败感，但它很快又能恢复。与弗洛伦斯和解带给他的宁静
是如此深沉，即使是一场如此牵涉个人情感的企业大战也不能扰
动。明天，他和威尔逊会去试着把公司的控制权从他那两个贪婪、
自私的女儿手中夺回，交给他最信任的两个高级主管。他们会把
自己要说的话说了，最后一次齐心协力争取拯救公司，但最后的
胜败他就留给那些董事，留给命运。不管结局如何，他明天都会
和弗洛伦斯一起离开，去过一种属于家庭和慈善的生活。他已经
被回炉重铸了，这不是他寻求和预想的，但现在他似乎已经丢掉
了所有愤怒和野心，只剩下爱。邓巴伸手撑住墙壁，呼吸似乎卡
在了喉咙里，这是因为他想到自己身上的转变是何其巨大，也想
到自己本来很可能没经历过这些就离开人世。

17

　　尽管疲惫不堪，心里的焦虑还是夺走了鲍勃医生的睡眠。他呻吟一声，又骂了句脏话，把被子踢开，双腿甩出床沿，坐了起来。现在才五点，但他还是起床好了。这一天必将是他一生中最难熬，也最关键的一天。他只需要撑到今天结束就行。科尼桑蒂和邓巴两姐妹给的钱已经足够他退休，成为他自己的私人医生，以后他可以一人独享鲍勃医生恣意的药方和专业的照料，但他得先确保自己的叛变没被阿比和梅根完全发现。另外，科尼桑蒂对他没有驱逐邓巴始终存着一股令人胆寒的失望，不要再给他机会加剧这种失望了。他给自己留的退路是一张晚上九点去苏黎世的机票，但现在他要打起精神。鲍勃医生摇出两颗三十毫克的阿德拉到手心里，用放在床头柜上的水灌了下去。想到最近这药的效力变得何其不济，他又服了第三颗。

"该死的怎么回事，迪克？昨天你一天没接我电话，现在又早上六点半打给我。"

"阿比，"迪克·比尔德说，"我诚恳道歉，但昨天是我职业生涯所遭遇的最惨烈的一次伏击。联讯是游泳池里的一颗手榴弹。我们在用担架往外抬人，我看到业内最强硬的几个交易员满眼含泪在干活儿。我让整个团队都把精力放到一个任务上，就是拿下那 20% 的股份，把'鹰石'推过终点线，至少能阻止联讯的并购。今天本该是我们一个本垒打的日子，现在要想成功，只能在已经筑起的债台旁边再筑一个了。"

"那些股份你应该早点搞定的。"阿比恨恨地说。

"不用你教我怎么做生意，"迪克说，带着一点威胁，"要是你太早回购，股价就高了，从伦敦到纽约的每一个套利秃鹫会啃食你的收益，把你的心脏都扯出来。反正，现在我们有五家最好的证券经纪商在慢慢替我们购入股份。本该你们今天董事会会议开到一半的时候锁定结果的，但昨天这些王八蛋一个接一个说他们还没搞定，或者买不到足够的股份。我觉得是这些王八蛋把股份卖给科尼桑蒂了。肯定有混账告诉了他该去哪里购物。"

"是你机构里的人吗？"

"阿比，我刚说过了，昨天办公室里都是在那儿哭哭啼啼的大男人，他们的圣诞奖金全都黄了。这个'鹰石'的项目是我们三个月的心血，事务所里每个人都百分之百地在拼命。"

"这回真是总统级的一坨烂屎了。"

"别慌成这样，"迪克说，"我们还是有办法的。就算是残羹剩饭，也要先把它们搞到手。我们可以做个'反广告'，诉诸老邓巴股东的忠心。证券经纪商的确买了不少股份，但在'股东大天地'中还有几百万普通人，他们手里的股份更多。问题就在于我们只能重新谈判我们的借款，才能出价比联讯更有竞争力。"

"行吧，那就快按这个办法去做啊。"阿比说。

"我已经在做了。"

邓巴有些犹豫，不知该不该敲弗洛伦斯的房门，怕她还没醒。昨天跟威尔逊道别之后，他去看了一眼女儿，她抱歉地说自己觉得有些恶心，想多躺一会儿。她把手按在小腹上，说肚子在绞痛，邓巴还很通情达理地以为女儿在暗示她来了月经，所以就没有多问。她说她想晚上好好睡一觉，因为第二天还有这么多事要做。

还不着急，可以让她多休息一会儿。弗洛伦斯毕竟不去开会，而威尔逊也还要再隔一个小时才会来接他。现在他要把自己打点好也够忙一阵的了。他摊开自己的白衬衫、深灰色西服、褐红色领带（上面有低调的褐红色菱形花纹）和金袖扣。他过去几十年穿的都是这样的衣服，但现在却感觉奇怪，甚至有些滑稽。

几分钟后他站在淋浴龙头下面，让水在身体上形成一道道水流，就跟在山坡上淋雨一样。似乎这样就够了，其他什么也不用做。他感觉到一种未曾有过的平静。联讯可能吞噬他的公司；他的两个女儿可能会让它私有化；它也有可能毫发无伤，今后就由他忠诚的高管来经营——此刻，他可以接受其中任何一个结果。他感到自己对命运的顺从既是隐藏的，又是显见的，就如同他可以感到自己的泪水刺痛眼角，但它又消失在冲刷过他面孔的水流中。他因为感激而哭，也感激自己的泪水。他甚至不介意自己会变成那种整天哭哭啼啼的蠢老头儿。不再试图自制真是一种解脱。他之前总想象自己一生的事业是建成这世界上最强大的机构之一，但现在他觉得一切都是铺垫，高潮是最后重塑他的天真。之前还以为是一段环形的旅程，逼他再次爬回自己的童年，没想到穿过坎布里亚的磨难助他又往后走了一程，到了此刻似乎是第二次出生。表面上的环形在最后一刻打开入口，里面的世界一切都像是本该如此又恰到好处。

邓巴总算还没完全脱离实际，回过神将水龙头关掉，踏出淋浴房，把自己裹在一条浴巾里。缓步走进卧室，扫了一眼床上的衣服，觉得此时应该开始穿戴这个想法不能当真。他反而把自己沉进了角落里的一张扶手椅，在窗和五斗橱中间，惊讶于自己到了这个岁数还能第一回体验某些事情。

有人敲门，他还没来得及去开。弗洛伦斯已经穿着晨衣，摇摇晃晃走到床边，一下瘫坐在床垫上。她的脸色白得吓人，很明显不太能掌控自己的身体。

"抱歉，爸爸，"她说话也很艰难，"一般我是不会这样乱闯你的房间的，但我真的感觉很糟糕。不知道身体出了什么问题，我一直在吐。实际上，我现在没办法，只能待在一间儿童房里，我自己那间需要打扫。我控制不了……这对你真不公平……"

弗洛伦斯话说到一半停住了。她双手合抱胸前，身子前倾，痛苦地呻吟起来。

"我的天，"邓巴说，坐到她边上，搂住她弓起的背，"我们一定要找个医生了。"他用力抓住女儿的肩膀，既是安慰她，也是安慰自己。

"我已经给他打电话了，"她喘着粗气说道，"你到时可以帮我开一下门吗？"

"当然可以。"

"我的天！"弗洛伦斯说着朝前一冲，呕了些什么东西在地上。

"亲爱的，"邓巴说，"你这是怎么了？"

"我不知道……"

"躺下来，躺下来，我去拿个碗。"

他站起身，心脏疯狂地跳着。他低头时大为惊恐，因为地上的那摊呕吐物完全被鲜血染红了。他趔趔趄趄走出房间，感到一波难以控制的恐慌和激烈的抵触情绪——要是真有上帝，而他又让弗洛伦斯受到什么真正的伤害，那他和一个丧心病狂的罪犯有什么区别？

医生人呢？医生他妈的人呢？

凯文自说自话地要来一起吃早饭，"商量几个安防细节"，所以不出意外，现在按门铃的应该就是他。不过 J 正好忙着在制作自己发明的那个增强肌肉、提升能量的"思慕雪"，他要启动旋转刀片的时候，不来四个壮汉是拦不住的。他还悠闲地开好了烧水壶，才踱到开放式公寓的门口把凯文迎了进来。室内装饰极为简朴，有榨汁机的叫嚣和水沸腾前的咝咝声作为背景音，一圈白墙上只有一件装饰品：远处小硬板床的床头，几乎隐形的钉子上横架着一把微微弯曲的黑色日本武士刀。

"怎么样啊，哥们儿！"凯文说。他的和蔼可亲立刻让 J 起了疑心，显然这人下一句话就要提一个会让气氛尴尬的请求，或者报告什么不好接受的消息。

"你怎么样啊？"J 说，回到厨房台面。就在烧水壶达到它颤动的高潮，咔嚓一声自我切断的时候，他关掉了榨汁机。J 回味着这样无瑕的高效和浑然天成的协同效应。自从他跟梅根走到一起，一切都变得行云流水一般。这跟完美的性爱有点像，或是完美的直觉，你可以在隔断物的正确位置上开一枪，听见那头被击中的身体倒在地上。

他并不太在意凯文这个尖酸的老家伙来抱怨什么，明天他就会和梅根坐着私人飞机去毛伊岛了，去接那里从树上掉下来的杧果。他不但享受着高人一等的感觉，也同样期待他那份美妙的饮料——一大品脱新做的黑咖啡加一大品脱泡好的浅绿色的蛋白粉，能给他巨大的能量提升。这时，烧水壶拱起的不锈钢表面上细微的光线变化引起了他的注意。他在反光中看到凯文放大、变形的手，伸进了棕色的皮衣，出于片刻之前刚触发的那种战斗磨砺出的警觉，他知道凯文一定在拿武器。

还没完全转过身来，他把水壶往空中一甩，带状的热水从凯文的手腕一直泼到脸上。他同时飞起一脚，尽全力踢在对方双腿之间。正待凯文向自己扑来，J 把水壶砸在他的脑门，并擒住凯文右臂，扭到他手枪掉落在地。J 把枪踢到房间另一角，先是狠狠在凯文的侧脸上抡了一拳，然后走到床头取下弯曲的黑色武士刀。

说句公道话，凯文真是个战士，虽然被严重烫伤，几乎目不见物，而且挨了那两下。要是常人早失去行动能力了，但他还是站了起来，从灶台上方的磁力条上抓起一把小刀。J丢开刀鞘，朝自己的对手走去，他收住剑锋，随时准备挥出。

"老兄，你会妒忌我猜到了，"J说，"但我没想到你会这么妒忌。"

"妒忌？"凯文说，强咽下身体的剧痛，"就是那女人他妈的派我来的。"

"把这句肮脏的谎话收回去。"

"这是真的，哥们儿，她说你在勒索她，她要你死。"

"不会的，"J吼道，"不会的！"

即使在否认，J也明白凯文没有说谎。在这个屎一样的世界里，他能相信的只剩手里的这把武器。

"不会的！"他又喊了一次，划开了凯文的喉咙。

J用水槽边一块整整齐齐叠好的茶巾把武士刀擦拭干净。收刀回鞘的时候，他把所有想法都从脑袋里清空了，只留下一个念头——复仇。

"你应该去开会。"弗洛伦斯说。

"我不会丢下你的，"邓巴说，"威尔逊可以替我去。"

"查清楚这是怎么回事之前，你们两个我谁也不会丢下的。"威尔逊说。

"救护车还有六分钟就到。"医生说。

　　"啊，你们两个能不要这么表忠心了行吗？"弗洛伦斯说。可即使她想尽量显得讲求实际和无忧无虑，但也不得不再一次转过头去，朝一个已经满是鲜血和胆汁的碗里呕吐。"其他的不说，"她补充道，"我首先就不想让任何人看到我现在的样子。"

　　"那至少我可以留下吧？"克里斯说。他坐在床沿，一只手隔着被子搁在弗洛伦斯的腿上。"你忘了，"他微笑道，"我们一起去过两次墨西哥，你这样子我都习惯了。"

　　"这次不一样，"弗洛伦斯第一次透露出恐惧，"这次我就像要把自己吐出来，我从来没这样吐过。"

　　当她看到父亲的表情，弗洛伦斯立刻就后悔了，直接跟克里斯说话能缓解痛苦，她一时没有忍住。

　　"见了鬼的，"邓巴朝医生喝道，就好像给医生的情感压力只要足够大，他就会良心发现，把疗法说出来，"你就不能干点什么吗？"

　　"这不是我寻常出诊会碰到的情况，"医生不带情绪地回复道，"等救护车一到，我们会给病人注射强力止吐药，开始用活性炭洗胃，把她伤口的血样和皮肤样本送到急症病理实验室检测。病人会在半个小时之内被送进长老会医院[1]的重症加强护理病房，有全世界你能找到的最好的医疗资源。如果我们现在能尽量平静一些的话，对病人是有帮助的。"

　　邓巴瞪着医生说不出话来。

---

[1]　即纽约长老会医院，成立于1868年的原长老会医院1998年与纽约医院合并，现在是纽约规模最大的综合医院，也是目前全美首屈一指的医疗机构。

"重症加强护理病房。"他沙哑地低声重复道。

梅根坐在车的后座，神情恍惚地等着阿比从她的公寓楼里出来，急切地等着凯文的短信。他们有暗号。他和 J 的早餐会在一小时之后，她发了一条短信，单纯让他董事会议之后到邓巴大楼找她。如果他成功处理了 J，凯文会回复，"明白"；如果出现任何麻烦或拖延，他会回复，"到时见"。但到目前为止，什么回复都没有。

她拒绝担心，就是拒绝，但跟她那些听话的随从不一样，梅根的焦虑拒绝了她的拒绝，掌控了她的想象。万一凯文跟赫苏斯达成了某种协议，合作起来了怎么办？他们这些战场上下来的总有些兄弟情谊。对于一帮有官方许可去损伤、杀害、折磨他人的人，谁知道会产生怎样的情感联系？要是 J 赢了呢？她有没有这样的本事再说服他，是凯文妒忌心烧坏了脑袋，而她会点一千根蜡烛感谢上苍没有夺去 J 宝贵的生命？

"嗨，"阿比说，出神的梅根吓了一跳，"这一天真是他妈的糟透了……"

"哦，嗨，见到你我也很高兴。"姐姐出现之前，千万个问题眼看着要把梅根卷走，此刻她只能把讥讽当成救命稻草抓住，才不至于在那道洪流中淹死。

"抱歉，"阿比说，"我是因为早上刚跟迪克·比尔德通了一个特别气人的电话。他完全把事情搞砸了。我们定下的股份居然还没买好。我们得继续借钱，这样就会损失利润……"

"这狗屁会议还不如别去算了。"梅根说。她发现跟坐牢的恐惧相比，自己突然对赚钱没了兴趣．心头也是一惊。

"胡说什么呢，梅格。"阿比刚开了个头，瞥见妹妹咬紧牙关的侧脸，一下不说话了。她几乎从来没见过梅根害怕，也从来没见过梅根绝望，此时这两种情绪就融合在同一个僵硬的凝视中。阿比把自己的怒气都转移到了司机头上。

"你还在等什么？走啊。"

"接下来这个应该挺有意思，"科尼桑蒂说，打开了自己的电脑，"我接通了一位董事会的新成员，因为他的身份不便公开，所以我就简单称呼他为'鲍勃医生'好了。"

"那个混蛋，"迪克·比尔德说，"他怎么会进董事会的？"

"他帮了姑娘们一些忙，这是奖赏。"

"这忙是'强力版对乙酰氨基酚'的忙，还是'邓巴信托'的忙啊？"

"我猜想这位医生的处方药应该是滚滚而下的吧，不过他也在邓巴失势的大戏里扮演了关键角色。"

"显然还不够关键，"比尔德说，"我听说老头儿昨晚已经回到了城里。过去，甚至连维克托都避免和亨利·邓巴正面交锋……大概这也是为什么我们要旁听吧，看他是不是还找得回过去的威风。"

"威风？"科尼桑蒂说，"这家伙两天之前还是医学上认证了的疯子。没有你，'鹰石'的收购早该搁浅了。他还能干吗呢？发表一个激动人心的演说？解释给董事会听，为什么拒绝一份22%的溢价是他们信托人的神圣职责，然后余生都用来应付愤怒股东的官司？"

史蒂夫拿了几瓶日本冰啤酒放到桌上，就像这两个男人正准备坐下来好好看场足球赛。

"这笔生意已经没有变数了，迪克，"史蒂夫说，伸手过去调高电脑的音量，"你就好好欣赏这场演出吧。"

18

"不，"邓巴说，"弗洛伦斯不会的。"

"抱歉。"医生说，语言的匮乏比平时更让他张口结舌。

"我们必须给她换器官，"邓巴说，"换的过程中就用那种机器维持她的生命。要是来不及到别的地方去找需要的器官，就用我的。我知道它们都老化了，但还能用的。"

邓巴剥掉自己的西服，把领带从脖子上扯了下来。

"邓巴先生……"医生说道。

"她先死不合天理，"邓巴说，解开领口的扣子，"顺序错了。她需要什么都可以拿去：心、肺、肝、肾、眼睛，只要能救她的命，都可以。"

"邓巴先生，我们什么都做不了了，"医生说，把手按在邓巴的手臂上意欲劝阻，"我很抱歉。整个身体都被感染了，新的器官只要放进去马上就没用了。"

弗洛伦斯中的毒叫"相思子",本身就没有解药,而且杀手还加了其他毒素,不但确保她的死亡,而且死得会很痛苦。她的体内组织已经全都清洗过一遍,血也换过了,能拖延一点时间,但这具肉身已经被拽入一个不可逆的衰竭流程中去了。

邓巴还在解扣子,直到腰间,上半身的衣物都敞开了。

"你在干吗?"弗洛伦斯问,从重度镇静剂中醒过来。

"我要捐献……"

"哦,爸爸……"弗洛伦斯说,眼睛里都是泪。

邓巴伸过手去握住弗洛伦斯的手。很多年前,当听到凯瑟琳"挺不过去"的时候,邓巴感到一种如同药物引发的麻木感蔓延全身。此时他既感到宽慰又觉得恐惧,这一回,这种麻木感没有出现。他的心房周围再没有城垛拖延他向哀伤的荒凉投降。这属于自我认知的胜利吗?一个人应该更清晰地承受痛苦?但他昨天才生平第一次觉得有福气啊。对于自己新头脑这种一视同仁的清晰,他总觉得有些无耻的意味。要是他之前就跟弗洛伦斯去怀俄明州就好了,要是他能再早一点点放弃权力就好了。现在他就像一个视力刚刚恢复的人,正巧坐着轮椅被推到了《给玛息阿剥皮》[1] 跟前,无法动弹,也离开不了,心里明白他再也见不到其他的画作了。

---

[1] *The Flaying of Marsyas*,典故出自希腊神话。玛息阿是森林之神,他自认为是比阿波罗更出色的乐手,在一场音乐比赛中输给阿波罗后被后者剥下皮囊以示惩罚。提香和布龙奇诺等很多大师都描绘过这个场面。

"我们就在门外，"医生对弗洛伦斯说，"如果有需要，按这个按钮就可以。"

弗洛伦斯点点头，但什么也没说，就像她只剩有限数目的字词，想省着用。等医生和护士一出病房，她又勉力开口了。

"不是我怕死，"她说，"其实我更担心的是它会伤害其他人……还有浪费了的爱。"

她朝克里斯扫了一眼，就像是要他代表每一个将被她的死所伤害的人原谅她。

"浪费了的爱。"邓巴重复道。他被女儿的判决摧毁了，眼前是一片爱的荒原。

"哦，爸爸，"弗洛伦斯说，声音虽轻，字字有力，"我很高兴我们的和解没有太晚。"

"可它就是太晚了。"邓巴没法克制自己。

"我懂……"她说，"孩子们——他们的失望是我最无法承受的，他们还太小了。"

对于女儿这种毫无过错的歉疚，邓巴找不到免罪的配方。说话看起来还是太耗费精力了，邓巴还在想着如何缓解女儿的痛苦，她自己已经闭上眼睛，一动不动地躺在床上，连呼吸都几乎感觉不到。

"她在休息，"威尔逊说，"我们坐一会儿吧。"

邓巴坐进女儿房间角落的一张扶手椅中，整个人似乎塌陷了。下半身很正式，是他锃亮的黑色皮鞋和炭灰色的西裤，再往上是一道袒露的胸腹，画面极不协调。他看着几簇白色的体毛随着自己的呼吸起伏，就像在观察别人的身体是否还有生命迹象。

"这个世界没有仁慈，"邓巴双手按在自己的脑袋上，"其他的世界也没有。"

他觉得疼痛像个金属头箍一样掐住他的脑门。很快，又有第二个疼痛的环在他胸口收紧。他交叉手臂，牢牢抓住身侧，像是长久分别之后拥抱自己，然后他又瘫坐回椅中，难以呼吸。他觉得那种无垠的恐惧又起来了，他又想到了那片死气沉沉的漆黑的太空和翻滚在其中的宇航员。过了一会儿一股凶猛的洪流冲进他的头脑，就跟他在达沃斯仰面跌倒、脑壳撞到地上时一样，他似乎滞留在昏迷前那块厚厚的门槛上，能感受到急迫，却又有种奇怪的抽离感，满脑子奔涌着万事俱灭的先兆。

他还没意识到是怎么回事，医生已经在他身边，朝护士喊着指令。邓巴听到"心脏除颤器"和"氧气"，觉得一种紧张的气氛向他围拢，就跟之前攥住他的头和心脏的痛感一样。

"别担心，邓巴先生，"医生说，手里已经准备好了注射器，"我们立刻就可以消除这种疼痛。"

"请不要消除，"邓巴呼吸艰难地说，"我已经受够了，我已经看够了。"

"我知道你现在很难过……"

"你是不想让我错过什么呢？"邓巴问，"是看着我女儿死在我面前？"

"那么你想让你的女儿怎么度过她最后几个小时呢？"医生反问道，"看着你死在她面前？"

邓巴明白医生说的是至理，无奈地伸出手臂让他打针。弗洛伦斯的最后一刻他必须陪伴着她，自己的毁灭暂且推迟，生命力和善意不管还剩多少，都倾注给女儿吧。

"继续活着，"他喃喃念道，清澈的液体汇入他的血液，头颅和胸膛中绷紧的东西纾解了，"你介不介意我跟威尔逊和克里斯单独说两句话？"

"当然不介意。"医生恭敬地说，就像两人的想法从来都是一致的。

"查理，"邓巴凑上前去想跟老朋友说几句更贴心的话，"我不想聊……我没法……"

"我明白。"威尔逊说。

"等这些都结束了，你能别让这些混蛋救我命吗？"

"我们可以做一份'活遗嘱'[1]。"

"实现它，"邓巴说，就像在努力凭记忆引用别人的话，"别让公司落进那两个姑娘手里。如果没有其他办法阻止她们拿到控制权，可以帮助科尼桑蒂。还有，查清楚她们之中是否有人跟弗洛伦斯中毒有关，如果确实如此，一定要让她下半辈子在牢里度过。"

"这是一定的，"威尔逊说，"阿比因为皮特·沃克的自杀已经被英国警方追捕了。"

邓巴又瘫坐回椅中。

---

[1]　生前嘱咐，一种书面声明，表示如本人将来由于患不治之症等原因康复无望时，可任其自然死亡，不必再用人工方法延续生命。

"他自杀了？"他问。

"抱歉，我以为弗洛伦斯已经跟你说了。"

"没有。"邓巴说，怔怔地看着房间另一头，就像太多的惨剧把他一时间清空了，就像已经没有空间再容得下想法和言语，以及任何特定的哀伤。他可以看到弗洛伦斯一动不动地躺在床上，双眼紧闭。克里斯坐在她旁边，看着她呼吸。

"没有，她没说。"邓巴终于说道，"可怜的皮特，他是我的朋友。没有他，我逃不出来的。"

他看着威尔逊，像是按捺不住自己的怀疑。

"怎么就成了这样了，查理？为什么你的儿子在看着我的女儿死？为什么我第一次开始理解它们的时候，一切都毁了？"

"我们每个人都会被毁作尘埃的，"威尔逊说，"但理解不会被毁，它毁不了的，只要还有一个仍愿意说出真相的人没有倒下。"

寻找邓巴

[英]爱德华·圣奥宾 著
陈以侃 译

图书在版编目（CIP）数据

寻找邓巴 /（英）爱德华·圣奥宾著；陈以侃译
. 一北京：北京联合出版公司，2018.9（2018.11 重印）
ISBN 978-7-5596-2366-9

Ⅰ.①寻… Ⅱ.①爱… ②陈… Ⅲ.①长篇小说－英
国－现代 Ⅳ.① I561.45

中国版本图书馆 CIP 数据核字 (2018) 第 166178 号

DUNBAR

By Edward St Aubyn

Copyright © Edward St Aubyn 2017
First published as DUNBAR by Hogarth,
an imprint of Vintage. Vintage is part
of the Penguin Random House group
of companies.
Simplified Chinese edition © 2018
by United Sky (Beijing) New Media
Co., Ltd. in association with Penguin
Random House (North Asia).
All rights reserved.

"企鹅"及其相关标识是企鹅图书有限公司已经注册或尚未注
册的商标。
未经允许，不得擅用。
封底凡无企鹅防伪标识者均属未经授权之非法版本。

北京市版权局著作权合同登记 图字：01-2018-4822

选题策划	联合天际
特约编辑	刘 默 潘骏秋
责任编辑	楼淑敏
封面设计	尚燕平

UnRead
—
文艺家

出　版	北京联合出版公司
	北京市西城区德外大街 83 号楼 9 层 100088
发　行	北京联合天畅发行公司
印　刷	三河市冀华印务有限公司
经　销	新华书店
字　数	132 千字
开　本	880 毫米 × 1230 毫米 1/32 7 印张
版　次	2018 年 9 月第 1 版　2018 年 11 月第 2 次印刷
I S B N	978-7-5596-2366-9
定　价	55.00 元

关注未读好书

未读 CLUB
会员服务平台

本书若有质量问题，请与本公司图书销售中心联系调换
电话：(010) 5243 5752　(010) 6424 3832

未经许可，不得以任何方式
复制或抄袭本书部分或全部内容
版权所有，侵权必究